D.A. STERN

BLAIR WITCH 2

D.A. STERN

BLAIR WITCH 2

Aus dem Amerikanischen
von Helmut Splinter

GOLDMANN

Die Originalausgabe erschien 2000 unter dem Titel
»Blair Witch. Book of Shadows«
bei POCKET BOOKS, New York.

Die folgende Geschichte basiert auf tatsächlichen Ereignissen.
Einige Änderungen waren aus dramaturgischen Gründen notwendig,
die später ersichtlich werden.

Umwelthinweis:
Alle bedruckten Materialien dieses Taschenbuches
sind chlorfrei und umweltschonend.

Der Goldmann Verlag
ist ein Unternehmen der Verlagsgruppe Bertelsmann.

Deutsche Erstausgabe 12/2000

Umschlaggestaltung: Design Team München

Satz/DTP: Martin Strohkendl, München
Druck: GGP Media, Pößneck
Titelnummer: 44975
Redaktion: Marie-Luise Bezzenberger
BH · Herstellung: Sebastian Strohmaier
Made in Germany
ISBN 3-442-44975-8
www.goldmann-verlag.de

1 3 5 7 9 10 8 6 4 2

Quizfrage

Welches Bild aus Ihrer Kindheit ist für Sie am schrecklichsten?

Nehmen Sie sich Zeit, und denken Sie zurück an die Geschichten, die Sie gelesen haben, oder an jene, die Ihnen vorgelesen wurden, an die Comics und Filme, die Sie im Fernsehen oder im Kino gesehen haben, oder an die Halloween-Abende, an denen Sie fest die Hand Ihrer Mutter oder Ihres Vaters umklammert hielten, während scharenweise schrecklich kostümierte große Kinder an Ihnen vorbeizogen.

Haben Sie's?

Gut, dann legen Sie den Bleistift zur Seite.

Ich wette, ein beträchtlicher Teil von Ihnen hat die Hexe aus dem Film *The Wizard of Oz, Das zauberhafte Land* gewählt.

Natürlich war es nicht nur der Anblick – die grüne Haut, der Hut mit den Punkten, die Hakennase –, der die Hexe so erschreckend machte. Was einem wirklich unter die Haut ging, war ihr Lachen.

In dem Buch *The Making of the Wizard of Oz* (Knopf, 1977) erinnert sich die Schauspielerin Margaret Hamilton, die die Rolle der Hexe gespielt hatte, dass sie praktisch von jedem, dem sie begegnete, gebeten wurde, dieses Lachen nachzuahmen.

»Manchmal, wenn ich in Schulen gehe«, erzählte Hamilton dem Autor Aljean Hametz, »lasse ich in der Aula dieses Lachen hören. Die Menschen reagieren darauf immer befremdet, als wünschten sie, sie hätten nie darum gebeten. Sie haben Angst. Sie haben wirklich Angst.«

Bleiben wir kurz bei diesem Bild: Einige Hundert Jugendliche, zusammengepfercht in einer hell erleuchteten Aula, blicken nervös um sich – und plötzlich sehen sie sich mit ihrer schrecklichsten Kindheitserinnerung konfrontiert. Die nur durch das Band des Glaubens zusammengehaltene Zuhörerschaft ist kurz davor, in Hysterie auszubrechen, falls zum Beispiel jemand auf die Idee käme, jetzt das Licht in der Aula auszuschalten.

Gut, jetzt schieben Sie das Bild erst einmal zur Seite.

Ein neunjähriger Junge sitzt allein im Wald, während sich die Nacht über ihn senkt; nur seine kindlichen Albträume begleiten ihn. Die Hauptfigur seiner Träume ist eine Sagengestalt, die der krummnasigen Hexe aus *The Wizard of Oz* alle Ehre macht, und er glaubt, dass diese Gestalt genau in diesem Wald ihr Unwesen treibt.

Dieser Gestalt geben wir noch keinen Namen.

Aber den Jungen können wir Jeff Patterson nennen.

Bei diesem Namen mag es bei dem einen oder anderen auf Grund der Geschehnisse klingeln, die von der Presse als »Die Morde in den Black Hills« bezeichnet wurden. Manche sagen, auch die Mörder, Jeff und seine Komplizen, seien hysterisch geworden; Anlass sei der gemeinsame Glaube an die übernatürliche Kraft gewesen, die in den Black Hills existieren soll.

Vielleicht erliegen auch einige von Ihnen dem Glauben an das, was jetzt von Jeff Patterson, Kim Diamond, Stephen Ryan Parker und ihren Vertretern verlautbart wird, dass es die Kraft in diesem Wald wirklich gibt und dass sie für die Morde verantwortlich ist, derer die drei angeklagt sind.

Eins ist sicher: In den kommenden Monaten wird so manch einer das Thema bis zum Erbrechen durchkauen, alle Beweise zu dem Fall genauestens durchleuchten – die Tagebücher, die Telefonate, die E-Mails, die Interviews –, um die verborgenen Feinheiten, die geheimen Bedeutungen zu hinterfragen, in der Hoffnung, dass die Diskussion eine neue Richtung einschlägt, um die Wahrheit hinter dem Geheimnis zu enthüllen.

Wir meinen deshalb, dass Diskussionen, Analysen und Debatten manchmal sinnvoll sind.

Und manchmal ist es besser, die Beweise sprechen zu lassen.

– D.A. Stern
Las Vegas, Nevada

4. Oktober 1999, $3.50
U.S.A. REPORT
Der Broadway ist wieder da!
Kara Grenier, die singende Sensation, bringt Licht in den Great White Way
Die mutmaßlichen Mörder
Kim Diamond und Stephen Parker
Grausame Morde
Eine blutige Verbrechensserie mit acht Toten in den Black Hills – welches Übel lauert im Herzen des Waldes?

MASSAKER IN M

Hat eine örtliche Legende zu der Mordserie im Manson Stil inspiriert?

Von Clement Duritz

Die Geschichte wäre, aus dem Kontext gerissen, entsetzlich genug, als hätte *Gilligan's Island* für das neue Millennium einen bösen Ausgang genommen. Fünf junge Camper, berauscht von einer Mischung aus Drogen und Alkohol, töten sechs unschuldige Menschen. Dann wendet sich die Gruppe gegen sich selbst, was zu zwei weiteren Toten führt. Eine blutige, schockierende Serie von Ereignissen.

Doch was die Morde jenseits des Entsetzens im Makabren ansiedelt, ist ihr Schauplatz: die Black Hills in Maryland, ein abgeschiedenes, verwildertes Waldstück eine Stunde westlich von Washington D.C., bekannt durch den Kinofilm *Blair Witch Project*. Dieser Film dokumentiert das Verschwinden der Filmstudenten Heather Donahue, Joshua Leonard und Michael Williams, die in diesem Wald angeblich Opfer der lokalen Spukgestalt, der Hexe von Blair wurden.

Wer an das Übernatürliche glaubt, kann den Blair-Witch-Mythos nun durch die Namen Jeffrey Patterson, Kim Diamond, Stephen Ryan Parker, Erica Geerson und Tristen Ryker ergänzen. Diese fünf waren in das von den lokalen Medien »Die Black-Hills-Morde« genannte Blutbad verwickelt, das sich in der Woche des 20. September ereignete. Am Freitag in jener Woche führte Patterson, selbst Einwohner von Burkittsville in Maryland, dem angeblichen Heimatort der Hexe, die anderen auf seiner ersten »Blair-Witch-Jagd« in den besagten Wald - eine geführte Tour zu den Stellen, die gewöhnlich mit der Ortslegende in Verbindung gebracht werden. Manch einer meint, Pattersons »Jagd« sei viel zu erfolgreich gewesen; es sei die Hexe von Blair, so glaubt man, die hinter den jüngsten Morden steckt.

Die Behörden scheinen andere, weltlichere Erklärungen vorzuziehen. Sie haben Patterson, Diamond und Parker wegen vorsätzlichen Mordes festgenommen. Die drei warten im Staatsgefängnis von Rockville auf ihre Verhandlung. Die Beweise seien hieb- und stichfest, wird behauptet, unterstützt durch Videoaufnahmen von mindestens den beiden letzten Morden. Bei Redaktionsschluss kursierte das Gerücht, dass sämtliche großen Fernsehsender Angebote machten, die Senderechte für die Bänder zu erwerben.

Am Abend des 23. Juni führte Jeff Patterson seine Schützlinge auf einen umfassenden Streifzug zu den historischen Orten, die mit der Hexe von Blair in Verbindung gebracht werden (siehe Randspalte). Als Teil dieser Tour zogen die Teilnehmer mit Rucksäcken in die Black Hills. Ihr Ziel: die Ruine des Hauses von Rustin Parr. Für Ortsansässige, die von dem aufstrebenden Tourismus um die Hexe von Blair profitieren, ist dieser Ort die Hauptattraktion jeder Exkursion. Patterson und seine Gruppe trafen dort kurz vor

Sonnenuntergang ein und schlugen ihr Lager auf. Laut Sheriff Ronald Cravens von Burkittsville begegneten Pattersons Schützlinge einer anderen, von Tony Amone und Nicholas Dugan geführten Gruppe. Amonte und Dugan erhoben Anspruch darauf, bei der Ruine campieren zu dürfen, und es wurde heftig gestritten. Schließlich zogen sich die Neuankömmlinge – Greta Hanson, John Chin und E.J. Kim – zurück. Nachdem der Lagerplatz erkämpft worden war, konsumierten Patterson und seine Gesellschaft beträchtliche Mengen Alkohol und Halluzinogene – laut Cravens der Nährboden für das, was folgte.

Der Sheriff glaubt, dass irgendwann in der Abenddämmerung Parker, Patterson und mindestens ein weiteres Mitglied der Mannschaft durch den Wald zum Coffin Rock zogen, wo die Gruppe von Amonte und Dugan schlief. Dort ermordeten sie alle fünf Wanderer im Schlaf und ordneten die

ARYLAND

ausgeweideten Leichen in der Form eines Pentagramms an, um das »Coffin-Rock-Massaker« von 1886 nachzubilden.

Stephen Ryan Parker kennt die Einzelheiten dieser vor über einem Jahrhundert verübten Morde besser als die meisten anderen. Parker, ein mit Auszeichnungen bedachter Experte in Sachen Brauchtum, war mit seiner Co-Autorin und Lebensgefährtin Tristen Ryler in die Black Hills gekommen, um für sein Buch *Die Hexe von Blair – Hysterie oder Historie?* zu forschen. Parker, ein ernster, gelehrter Mann, habe sich laut Aussagen von Freunden ganz seiner Arbeit gewidmet und sei während der Wochen vor seiner Reise enormem Stress ausgesetzt gewesen, u.a. wegen des bevorstehenden Abgabetermins für sein Buch und wegen seiner Beziehung zu Ryler. Die beiden hatten immer öfter heftige Auseinandersetzungen.

Parker, so seine Freunde, hoffte, die Reise nutzen zu können, um die Beziehung wieder zu kitten. Allerdings wussten die Freunde des Paares nicht, dass Tristen Ryler, die am Morgen des 20. September ihr Haus in Cambridge in Massachusetts verließ, in der sechsten Woche schwanger war.

Die Behörden sind angesichts Parkers Charakter und seiner makellosen Vergangenheit schockiert über seine Beteiligung an den Morden in den Black Hills. Über die in Chicago wohnhafte Kim Diamond sind sie keineswegs überrascht. Im Alter von 21 Jahren konnte Diamond, Mitglied des gleichen Gothic-Kults, der nach Ansicht der Presse eine Rolle bei den Columbine-Morden gespielt hat, bereits umfassende Erfahrungen mit Gesetzesverstößen vorweisen. Außer Drogenbesitz sind in ihrer Akte zwei längere Aufenthalte in Camp LaGauge vermerkt, einer Jugendstrafanstalt im Stil eines Rekruten-Camps außerhalb von Waukegan. Selbst dort habe Diamond laut Aussagen eines Wärters eher gestört. »Eine Zeitbombe kurz vor dem Explodieren.«

Am Morgen des 21. Septembers entdeckte Tristen Ryler beim Aufwachen, dass sie in der Nacht, möglicherweise auf Grund des am vorangegangenen Abend erlebten Stresses, eine Fehlgeburt erlitten hatte. Sie wurde ins nahe gelegene Krankenhaus gebracht, wo sie behandelt und gleich wieder entlassen wurde. Die gesamte Gruppe der Blair-Witch-Jagd kehrte zu Jeff Pattersons Wohnung zurück, die in der Nähe der Black Hills liegt.

Was sie während des Tages taten, ist noch nicht bekannt, doch Kim Diamonds Aktivitäten am frühen Abend sind leicht nachzuvollziehen. Mehrere Personen sowie die Videoaufnahmen von einer Überwachungskamera bezeugen, dass sie im Black Hills Market war, einem Geschäft, in dem sie offenbar die Alkoholvorräte der Gruppe auffüllen wollte. Diamond, mit allen

DER FLUCH DER HEXE VON BLAIR?

1639 Colonel Nathan Blair gründet in Maryland die Stadt Blair. Eine Woche später stirbt er im Bett.

Februar 1785 Elly Kedward, angeblich die »Hexe von Blair«, wird von den Einwohnern von Blair zum Tode verurteilt.

November 1788 In Blair verschwinden zahlreiche Kinder. Die Einwohner, die einen Fluch fürchten, verlassen die Stadt.

Januar 1809 Der *Blair-Witch-Kult*, ein Augenzeugenbericht zum Fall Kedward, wird veröffentlicht.

August 1823 Am ehemaligen Standort von Blair wird die Stadt Burkittsville gegründet.

August 1825 Eileen Treacle (11) ertrinkt im Tappy East Creek. Augenzeugen berichten, eine alte Frau habe sie unter Wasser gezogen.

März 1886 Fünf Männer, die auf der Suche nach einem 8-jährigen Mädchen waren, werden ausgeweidet und in Form eines Pentagramms an Armen und Beinen zusammengebunden am Coffin Rock gefunden.

Mai 1941 Rustin Parr, ein leicht zurückgeblie bener Einsiedler, bekennt sich zu den brutale

Hysterie oder Historie?

Reporter sind ein seltsamer Menschenschlag. Ihre Arbeit macht es mitunter notwendig, dass sie Teil der Geschichte werden, über die sie unvoreingenommen berichten sollen.

Pocket Books, ein Imprint des Großverlags Simon & Schuster, beauftragte Stephen Ryan Parker und Tristen Ryler, ein Buch über die in Frederick County in Maryland immer wieder auftretenden, angeblich »übernatürlichen« Phänomene und die daraus resultierende Hysterie zu schreiben. Sie konnten allerdings nicht voraussehen, wie tief sich ihre Autoren in den Mythos der Hexe von Blair verwickeln würden.

»Wir sind alle zutiefst schockiert über die Ereignisse der vergangenen Wochen«, meinte Judith Curr, die Geschäftsführerin und Verlegerin von Pocket Books. »Es wäre nicht angebracht, zu diesem Zeitpunkt weitere Kommentare abzugeben.«

Das Buch *Die Hexe von Blair – Hysterie oder Historie?* sollte im Sommer 2001 erscheinen. Laut Jennifer Gates von der Agentur Zachary Schuster, die Parkers und Rylers Projekt an Pocket Books vermittelte, sei das Buch bei der letzten Programmkonferenz hervorragend aufgenommen worden, und Pocket habe die Autoren gedrängt, das Buch noch vor dem vereinbarten Abgabetermin am 31.10.2000 fertig zu stellen, damit es früher in die Buchhandlungen käme.

Wie weit das Buch fortgeschritten war, bleibt ein Geheimnis, das wahrscheinlich so bald nicht gelöst werden wird. Dennoch meinen Branchenkenner, dass *Die Hexe von Blair - Hysterie oder Historie?* trotzdem sehr bald veröffentlicht wird.

»Ich wette, sie werden jemanden beauftragen, der das Buch ganz schnell fertig schreibt, um es bis Weihnachten oder früher in die Buchhandlungen zu bringen«, sagte John Mutter von *Publishers Weekly*, der so genannten Branchenbibel. »Die Sache ist einfach zu heiß, um sie nicht zu veröffentlichen.«

»Gothic«-Insignien, weiß geschminktem Gesicht und bodenlangem schwarzem Gewand, stritt mit der Geschäftsführerin Peggy Shuler, die sich weigerte, ihr etwas zu verkaufen. Daraufhin zückte Diamond eine Nagelfeile und tötete Shuler mit einem Stich in die Kehle.

In der Zwischenzeit verschlechterte sich die Stimmung der anderen Gruppenmitglieder in Pattersons Wohnung. Berichten zufolge war Erica Geerson (19), deren Rolle in den Wirren des Wochenendes am schwierigsten zu klären ist, während der ganzen Tour das Objekt von Jeff Pattersons sexuellen Annäherungsversuchen gewesen. Sie hatte ihn wiederholt zurückgewiesen. Irgendwann am Abend dieses 21. Septembers habe der enttäuschte Patterson sie laut Polizeiaussage in einem eifersüchtigen Wutanfall getötet.

Wut wird auch hinter dem Letzten der Black-Hills-Morde vermutet, Stephen Ryan Parkers Mord an seiner Co-Autorin und Freundin Tristen Ryler. Dieser Mord wurde am Abend des 22. September in Pattersons Heim begangen, als Parker, vermutlich in einer grausamen Neuinszenierung der 1941 erfolgten Hinrichtung Rustin Parrs, seine Freundin Ryler an einem selbst gebauten Galgen erhängte.

Auch wenn weitere Einzelheiten zu diesen Morden kaum nötig sind, werden diese ohne Zweifel in den kommenden Wochen die Zeitungen und Fernsehbildschirme überfluten. Einige Details werden von den Angeklagten selbst zu hören sein, die sich bisher geweigert haben, mit der Presse zu sprechen. Doch es gibt Anzeichen dafür, dass die Mauer des Schweigens zusammenbricht. Diamond behauptet offenbar in ihrer Gefängniszelle nachdrücklich, dass sie völlig unschuldig sei und sie, Patterson und Parker selbst Opfer seien, denen die Morde angelastet würden. Wer hat dann also die Morde begangen? Wer wohl außer die Hexe von Blair?

Und was hält die Polizei von Diamonds Behauptung?

»Entschuldigen Sie meine Ausdrucksweise, aber das ist ein Haufen Scheiße«, meinte Sheriff Cravens. »Diese verdammte Hexe von Blair gibt es nicht.«

Unter Mitarbeit von John Robinsky/Baltimore und Stefan Krc/New York

orden an sieben
ndern - den »Sieben
n Burkittsville«.

ommer 1969 Die Black
lls sind Schauplatz
ner Reihe von Ritualen,
e von einer unter
rogeneinfluss stehenden Gruppe, bekannt als
Blair-Witch-Kult« und angeführt von dem ehe-
aligen Rock'n'Roll-Musiker Leroy Creegan,

durchgeführt werden.

November 1983 Cece Malvey, ein Student der Johns Hopkins University, erhängt sich, nachdem er »Was die Hexe aus dem Wald sagte«, ein unbeholfenes Buch mit detaillierten Geschichten, selbst veröffentlicht hatte. Die

Geschichten waren ihm angeblich von der Hexe von Blair erzählt worden.

Oktober 1994 Heather Donahue, Joshua Leonard und Michael Williams, drei Filmstudenten, verschwinden im Wald, während sie einen Dokumentarfilm über die Hexe von Blair drehen.

September 1999 Die Morde in den Black Hills.

HYSTERIE ODER HISTORIE?

POCKET BOOKS

Simon & Schuster Consumer Group
1230 Avenue of the Americas
New York, NY 10020

Margaret A. Clark
Executive Editor

January 12, 2000

D.A. Stern
Postfach 6566
Las Vegas, NV 89005

Lieber Dave,

es hat richtig gut getan, Sie zu sehen. Es sieht ganz so aus, als ob gerade eine Menge Positives passiert.

Ich möchte Sie an unser Gespräch erinnern. Letzten September hatten wir mit Stephen Ryan Parker und Tristen Ryler den Vertrag für das Buch *Die Hexe von Blair - Hysterie oder Historie?* abgeschlossen. Offensichtlich werden sie nicht in der Lage sein, das Projekt zu Ende zu führen.

Wir halten das Projekt immer noch für eine brauchbare Idee und suchen nach jemandem, der es übernimmt. Kara und Scott teilen meine Ansicht, dass Sie der einzige Autor sind, der dem Buch gerecht werden könnte. Stephen und Tristen waren mit dem Buch zwar schon ziemlich weit, aber ich bin nicht sicher, wie viel ich von ihrem Material ergattern kann. Vielleicht müssen Sie ganz von vorne anfangen, doch im Lichte der jüngsten Ereignisse betrachtet (und wenn ich noch einen einzigen Beitrag darüber im Fernsehen sehe, schreie ich), könnte das zu Ihrem Vorteil sein.

Ich würde mich freuen, bald von Ihnen zu hören. Wenn Sie Fragen haben, rufen Sie mich an oder schicken Sie mir eine E-Mail.

Herzlichst

Margaret Clark
Verlagsleitung

Clark, Margaret

Von: dastern@mac.com
Gesendet: Dienstag, 18. Januar 2000, 17:11:16 AM
An: Clark, Margaret
Betrifft: Die Hexe von Blair – Hysterie oder Historie?

Vielen Dank für die netten Worte. Es gibt bestimmt noch andere, die sich des Projekts annehmen könnten, aber ich bin froh, dass ich daran arbeiten darf. Ich hatte schon von Stephens und Tristens Buch gehört, noch ehe wir beide miteinander gesprochen haben (ich bin mit ihrer Agentin ziemlich gut befreundet), und es klang sehr interessant. Bitte schicken Sie mir das Material an mein Postfach in Las Vegas.

Ich werde Lisa bitten, Sie anzurufen, um die Einzelheiten mit Ihnen zu besprechen <g>.

Dave

DIE
VON BL
HYSTE
HIS

Das Buch

Stephen Ryan P

Margaret A. Clark

ZACHARY SHUSTER
A LITERARY & ENTERTAINMENT AGENCY
JENNIFER GATES
888 SEVENTH AVENUE, 45TH FLOOR, NEW YORK, NEW YORK 10106

Dave

Hier schick ich Ihnen einen Ausdruck meiner »Hysterie oder Historie«-Datei sowie weiteres dazugehöriges Material.
Wo mag der Rest sein?
Ich versuch's rauszufinden.

Vertretung:

Jennifer Gates
Agentur Zachary Shuster
888 Seventh Avenue
45. Etage
New York NY 10106

DIE HEXE VON BLAIR:

HYSTERIE ODER HISTORIE?

ÜBERBLICK

Fantasie oder Horror?

Tatsache oder Märchen?

Gibt es die Hexe von Blair wirklich? Werden die Black Hills im westlichen Maryland tatsächlich von ihr heimgesucht? Oder ist die Jahrhunderte alte Erscheinung, deren Existenz in jenem Wald behauptet wird, einfach nur das jüngste, wildeste Beispiel des uralten psychologischen Phänomens, das als Massenhysterie bekannt ist?

Seit dem spektakulären Erfolg des unabhängigen Films *Blair With Project* (je nach Bericht, den man zu hören bekommt, lagen die Drehkosten irgendwo zwischen 10.000 und 100.000 Dollar, bevor der Film bis heute über 250 Mio. Dollar eingespielt hat) sind Fans zu Hunderten zu dem Wald bei Burkittsville in Maryland geströmt, um Antworten auf diese Fragen zu finden … und vielleicht einen Blick auf die Hexe selbst zu erhaschen.

Die gleichen Fans haben Chatrooms im Internet blockiert und endlose Stunden mit der Debatte um die geheimnisvollsten Aspekte des Mythos um die Hexe von Blair verbracht. An diesem Punkt lässt sich mit Sicherheit sagen, dass Millionen von Menschen rund um den Globus mit den Namen Rustin Parr, Elly Kedward und Leroy Creegan vertraut sind ... und mehr über sie wissen möchten.

Die Zeit ist reif für ein Buch, das den Fluch der Hexe von Blair vom Mythos befreit, von dem er umgeben ist – ein Buch, in dem alle Teile der Legende erneut einer gründlichen Prüfung unterzogen werden, um zur Wahrheit zu gelangen.

Die Hexe von Blair - Hysterie oder Historie? ist genau dieses Buch. Unter Verwendung exklusiver, nie zuvor veröffentlichter Dokumente werden wir jede angeblich »übernatürliche« Erscheinung, die der Hexe von Blair zugeschrieben wird, untersuchen und sie in den angemessenen historischen und soziologischen Kontext stellen. Wir werden die unwiderlegbaren Beweise darstellen, die die Exis-tenz der Hexe dokumentieren, genauso wie die Halluzinationen und so genannten »historischen Berichte«, die seit Jahrhunderten als Beweise missbraucht werden.

Unser Buch wird auch die Legende der Hexe von Blair als solche betrachten und dazu authentische Gerichtsakten der großen europäischen Hexenprozesse aus dem Mittelalter verwenden, um die archetypische Natur der Hysterie darzustellen, mit der die Hexe von Blair umgeben ist. Besondere Beachtung findet hier die Geschichte des »Bloody« Sam Caine, einer übernatürlichen Gestalt, die angeblich im 17. und 18. Jahrhundert die Bevölkerung in Lancashire in Schrecken versetzte.

Wir werden auch die Rolle der Massenpsychologie während der Inquisition und der Hexenjagden untersuchen. Unsere Analyse wird ergänzt durch Interviews und Gespräche mit Experten für okkulte Phänomene und Gruppenpsychologen sowie historische Dokumente aus einer Reihe privater Sammlungen, an denen wir die Reproduktionsrechte erhalten haben.

MANUSKRIPTLÄNGE

90.000 Worte. Zeitpunkt der Fertigstellung: neun Monate nach Vertragsunterzeichnung. Das Budget sollte das Geld für eine sechzehn Seiten starke Schwarzweiß-Foto-Einlage sowie die Bezahlung eines Fotografen umfassen.

MARKT

Die Millionen von Fans, die von dem Film *Blair Witch Project* fasziniert waren und die offizielle Blair-Witch-Website (www.blairwitch.com) mit Anfragen nach Informationen über die Legende bombardiert haben, bilden die zentrale Leserschaft dieses Buches. Und all jene, die durch den Stil des »selbst Gemachten« von dem Film abgeschreckt waren, jedoch von der Legende selbst fasziniert sind, werden uns unser Buch ohne Zweifel aus den Händen reißen, wie der Erfolg anderer Bücher zu Kultfilmen (wie *Star Trek, Akte X* usw.) zeigt.

WETTBEWERB

Die meisten Bücher auf dem Markt behandeln nur den Film und seinen Erfolg, die tatsächliche Legende wird dagegen eher nur zufällig erwähnt(am bemerkenswertesten ist *Blair Witch Project — ein Dossier,* das Buch zum Film). Dieses Buch wird das Erste sein, das sich in besonderer Weise mit der Legende befasst.

ÜBER DIE AUTOREN

Stephen Ryan Parker hat seinen Abschluss an der Yale University gemacht. Die Veröffentlichung seines ersten Buchs, *Jenseits der Schwäche - Das außergewöhnliche Leben des Daniel Douglas Home*, erfolgte zeitgleich mit der Verleihung der renommierten Lomax Fellowship. Parker, der in Boston geboren und aufgewachsen ist, arbeitet intensiv an einer Sammlung von kurzen Essays, die im Januar 2001 bei Harvard University Press erscheinen.

Tristen Ryler hat ihren Abschluss an der Yale University gemacht und lebt derzeit in Cambridge, Massachusetts. *Die Hexe von Blair – Hysterie oder Historie?* ist ihr erstes veröffentlichtes Werk.

POCKET BOOKS

Simon & Schuster Consumer Group
1230 Avenue of the Americas
New York, NY 10020

Margaret A. Cla
Executive Edito

25. August 1999

Tristen Ryler
Stephen Ryan Parker
313 Kendall Common
Building 85
Cambridge MA 02141

Liebe Tristen, lieber Stephen!

Meinen Glückwunsch! Ich freue mich, dass wir *Die Hexe von Blair – Hysterie oder Historie?* bei Pocket veröffentlichen werden. Wir freuen uns darauf, das Buch zum gleichen Erfolg zu führen, den das *Blair Witch Project* hatte.

Ihr Vertrag nimmt gerade seinen Weg durch unsere Rechtsabteilung (Jennifer hat Sie sicher gewarnt, wie lange so etwas dauern kann), aber in der Zwischenzeit schicke ich Ihnen ein paar Fragebögen, die unsere PR-Abteilung Sie auszufüllen bittet. Bitte schicken Sie sie an mich zurück, wenn Sie fertig sind.

Jennifer hat Ihnen vielleicht auch von meinen Bedenken erzählt, ob das Buch einer breiten Öffentlichkeit zugänglich sein wird. Wir werden sicher in den kommenden Monaten darüber reden, doch ich möchte an dieser Stelle nur erwähnen, dass ich nicht glaube, dass viele Menschen hier in Amerika *Hysterie oder Historie* kaufen werden, um von Bloody Sam Caine zu lesen, ganz gleich, was für eine farbenfrohe Gestalt er gewesen sein mag.

Ich freue mich darauf, mit Ihnen über diese Dinge sprechen zu können, sobald es Ihnen möglich ist.

Herzlichst

Margaret Clark
Verlagsleitung

Es schreibt Ihnen
STEPHEN RYAN PARKER

Ms. Clark,

sowohl Tristen als auch ich verstehen Ihre Bedenken bezüglich der akademischen Natur des Projekts. Wir möchten auf jeden Fall vermeiden, die Leserschaft zu langweilen. Gleichzeitig erscheint es mir wichtig, klar zu machen, dass die Legende der Hexe von Blair nicht aus einem historischen Vakuum heraus entstanden ist.

Hinweis: Bloody Sam Caine, geboren als Samuel Catlett Caine, von 1629 bis 1634 ein bekanntes Mitglied des königlichen Hofes, wurde vom Parlament der Titel »Oberster Hexenjäger« verliehen. Im April 1635 jedoch dreht Caine durch und schlachtet im Schloss von Lancaster fünf seiner Assistenten ab.

Er ordnete die Leichen in der Form eines Pentagramms an.

Vielleicht erkennen Sie jetzt, warum die Leserschaft, die von der Hexe von Blair gefesselt ist, Caines Geschichte ebenso interessant finden könnte. Einzelheiten finden Sie im Anhang.

Rufen Sie mich an, wenn Sie ein weiteres Gespräch darüber wünschen. Sie können mich auch unter lorwaxfellow@coolmail.com per E-Mail erreichen.

Mit freundlichen Grüßen

Stephen

sollen sich angeblich an diesem Ort getroffen haben, so wie sich angeblich deutsche Hexen am Sabbat im Harz versammeln. GC. xii 187.

BLOODY SAM CAINE

Englands Oberster Hexenjäger, Samuel Catlett Caine.

Verantwortlich für die Verfolgung und Hinrichtung von fast 100 »Hexen« während des frühen 17. Jahrhunderts. Wird auch für eine Reihe brutaler Morde im Schloss von Lancaster im Jahre 1635 verantwortlich gemacht. Es heißt, er habe im Blut seiner Opfer gebadet, was ihn unsterblich machte.

»Caine sah Furcht erregend aus. Sein Anblick ließ Scratch derart erzittern, dass er ihm im Schlaf ein Bein abhackte, um zu hören, wenn er angehumpelt kam.« Mainz and Heffen, *Die magische Geschichte des County von Lancashire.*

Im allgemeinen Sprachgebrauch eine Gestalt des Aberglaubens, der Buhmann.

»Willst du mir die Eingeweide herausreißen wie Bloody Sam?«

Du Bent, Die Hexen von Shropshire, 3. Akt, 4. Szene.

Schwarzes Herz
Für immer verdammt
Nimm dich in Acht vor dem Stahl
von Bloody Sam

Volksreime aus Lancashire, 1721. Notting and Whitley.
»Kaltes Herz«, GC. iv 88
»Durch den Hexenfluch«, AP. i 32

BUCH DES SCHATTENS

Zauberbuch für Hexen und Zauberer. Der Ursprung des Ausdrucks wird in Merlins legendärem Grimoire vermutet. GC iii 65, AV xxi 4

In der Artus-Überlieferung wurde das Zauberbuch von einer Fee gestohlen, als sie Merlin in einer Höhle aus Glas einsperrte. GC, iii 23

In Walisischen Quellen, vgl. das Schwarze Buch von *Carmathen*, wird *Llyfr o Cysgodion* von Merlins Eule Ambrosius nach der Gefangennahme ihres Herrn fortgetragen. I.B. iii 25

MODERNES LEBEN

JUGEND

WAHRE GLÄUBIGE

Blättern Sie durch den kniehohen Stapel von Artikeln über die Beatles, der Eroberung Amerikas in der Mitte dieses Jahrzehnts, und Sie werden sehen, dass das Wort »Hysterie« in jedem Artikel mindestens einmal vorkommt. Von New York bis Washington, von Chicago bis San Franzisco schien sich diese Hysterie auszubreiten wie ein Virus. Hier wird ein Mädchen auf einer Trage fortgebracht, dort fällt ein anderes auf ihrem Konzertsitz in Ohnmacht, überall wird die Limousine der Band von schreienden Fans umgeben, die wie von Sinnen sind. Praktisch jeden Tag erscheinen neue Bilder des Wahnsinns im Fernsehen und auf den Titelseiten von Zeitungen und Zeitschriften. Eltern in ganz Amerika (vielleicht hatten sie ihre eigene Jugend vergessen, in der sie für Frank Sinatra schwärmten) waren verblüfft, Behörden aufgebracht, und die Fans – gewöhnlich junge Mädchen – konnten die Gründe für ihr Verhalten meist selbst nicht erklären.

Als die Jahre vergingen und sich die Beatles von der Konzertbühne in die Studios zurückzogen, schien die Hysterie – zur Erleichterung aller, einschließlich der Band – nachzulassen. Und jetzt, wo sich die Gruppe offenbar aufgelöst hat, werden alle Spuren davon (so könnte man meinen) verschwinden.

Aber so schnell geht das nicht.

In den vergangenen Monaten war eins der Bandmitglieder erneut von Hysterie umgeben, auch wenn sie von einer ganz anderen Art war. Hysterie in Form von Gerüchten hatte sich wie ein Lauffeuer über den Globus ausgebreitet, eine bizarre Erfindung, die sich als Realität ausgibt, unterstützt durch den unbedeutendsten Beweis, den man sich vorstellen kann. Vielleicht haben Sie im Radio davon gehört oder in den Klatschspalten davon gelesen, doch in den vergangenen Wochen hat sich das Gerücht zum Crescendo gesteigert, und bis jetzt scheint es unter Amerikas Jugend Gesprächsthema Nummer eins zu sein.

»Alle wissen es«, sagte neulich ein junges Mädchen im Club. »Paul ist tot.«

Paul ist natürlich Paul McCartney, Bassist und außergewöhnlicher Sänger und Texter, die Stimme von Hits wie *Yesterday, Can't Buy Me Love* und *Hey Jude*. Oder vielleicht doch nicht Sänger des letzten Liedes, da Paul seit 1966 tot ist, gestorben bei einem Autounfall in London. Brauchen Sie Beweise?

Er ist auf dem Cover der Abbey-Road-Platte barfuß, läuft nicht im Gleichschritt und hält die Zigarette in der falschen Hand. Er blickt auf der Rückseite des Sergeant-Pepper-Albums in die falsche Richtung. Und (was am meisten überzeugt) wenn man beim Ende des Beatles-Songs *Strawberry Fields Forever* genau aufpasst, hört man, wie John Lennon sagt: »*I buried Paul*« - ich habe Paul begraben.

Woher stammt dieses Gerücht? Schuld hat Fred LaBour, Student der University of Michigan, sagen manche. Seine Rezension von *Abbey Road* habe als Erstes die Mutmaßungen über Pauls frühen Tod genährt. Andere schieben die Schuld auf ein Discjockey-Trio des Senders WKNR-FM in Detroit. Und es werden auch andere Quellen vermutet, obwohl es eigentlich unwichtig ist, wer die Hysterie angezettelt hat – offenbar kann man wenig tun, um sie zu stoppen. Erwähnt sei nur ein Vorfall bei WABC in New York, als dem Discjockey Roby Young das Mikro ausgeschaltet wurde, als er eben diese Hinweise aufzählte.

Für einige der Beweis einer großen Verschwörung, für andere die Fortsetzung der Hysterie.

Angenommen, wir gehören zur zweiten Gruppe. Zu denjenigen, die behaupten, Paul sei tot, sagen wir: »Quatsch!«

FOLGT DEM FÜHRER

Die Beatles waren natürlich berühmt dafür, dass sie der amerikanischen Jugend die östliche Spiritualität in der Person des Maharishi Mahesh Yogi nahe gebracht haben. Während die Könige des Pop 1967 ihre berühmte Pilgerreise zum indischen Versteck des Maharishi unternahmen, bewies eine Band aus Buffalo in New York namens »Hillary's Butterfly« im eher traditionellen Bereich des Rock'n'Roll Bühnenpräsenz. Die »Butterfly« hatten letztes Jahr etwa um diese Zeit ihren Durchbruch, als ihr Hit *Don't Start Nothin', Don't Be Nothin'* in die amerikanischen Charts kam.

Doch kurz nach ihrem Erfolg löste sich die Band wieder auf. Lead-Sänger Leroy Creegan legte sein Mikrofon nieder und griff zum spirituellen Mantel, den die Beatles abgelegt hatten. Letzten Herbst zog Creegan (27) nach Jericho Mills in Maryland und gründete, begleitet von einem harten Kern aus Jüngern, eine Kommune, die sich ihrem Manifest zufolge an der Natur und aneinander erfreuten (Beispiele ihrer Philosophie: »Die Erde ist unsere Mutter« und »Sex ist der Grund für unser Dasein«). Und trotz des vorhersehbaren Aufeinanderprallens zwischen der Hippie-Kultur des 20. und der Farmerkultur des 19. Jahrhunderts (von den immer vorhandenen, aber nie bewiesenen Vorwürfen des Drogenmissbrauchs ganz zu schweigen) waren Creegans Gruppe, soweit sich das sagen lässt, gute Nachbarn. Das heißt, bis vor kurzem.

Die Probleme begannen Ende April, nachdem es wärmer geworden war und Creegans Gruppe begann, einige ihrer Rituale im Freien zu zelebrieren. Die Anwohner bemerkten, dass diese Zeremonien Elemente aus der reichhaltigen Kultur der Eingeborenen enthielten – Indianerlegenden wie die über den Nanticoke-Dämonen, von dem die ursprünglichen Bewohner glaubten, dass er die Gegend heimsuchte, und von der Hexe von Blair, einem Jahrhunderte alten Geist, der angeblich ebenfalls in diesen Wäldern haust.

Es war die Verbindung mit der Hexe von Blair, die das gute Verhältnis zwischen Creegan und den Einwohnern zerstörte. Viele von ihnen erinnern sich nur allzu gut an den schrecklichen Winter 1940/41, als sieben Kinder von einem Einheimischen entführt und brutal ermordet wurden, der behauptete, im Auftrag der Hexe von Blair gehandelt zu haben. Unnötig zu sagen, dass es ihnen unangenehm ist, an jene Zeit erinnert zu werden.

Die Tatsache, dass diese Zeremonie wie ein Hexensabbat gefeiert wird (laut Augenzeugen versammelt sich die Gruppe, zieht ihre Gewänder aus und liest aus ihrem so genannten »Gebetbuch«), ist, als gieße man Öl ins Feuer.

Während der vergangenen Monate musste die Polizei mehrmals auf Anzeigen wegen Schwierigkeiten zwischen Einheimischen und Creegans Gruppe reagieren, die bereits als »Blair-Witch-Kult« bezeichnet wird – ein weiterer Grund für den Zwiespalt. Um den Frieden zu erhalten, schlagen wir vor, dass Creegan und seine Gruppe eine Lektion aus ihrem eigenen Manifest lernen:

Worte haben Macht. Sie dürfen nicht zum Schaden oder leichtfertig verwendet werden.

KULTFIGUREN McCARTNEY

CREEGAN

Historische Gesellschaft von Maryland 140 N. Holliday Street Baltimore MD 21307

Aufsichtsrat

Martin Shaugnessy,
Bürgermeister
von Baltimore
Franklin J. Piazza,
Vizegouverneur
von Maryland

John Weston-Dawkes
Anthony Lavalle
Mr. und Mrs. Tomaz Cruz
Mr. und Mrs. Peter D'Angelo
Dr. Barton Wittenstein
Christopher Livingston
Robert und Therese Cutarella
Ms. Elizabeth Queler
Mr. und Mrs. Louis Sackett

Ms. Jane E. Coulter
Archivleiterin

6. September 1999

Stephen Ryan Parker
313 Kendall Common
Gebäude 85
Cambridge MA 02141

Lieber Stephen,

leider habe ich schlechte Nachrichten für Sie.

Während der starken Regenfälle des letzten Wochenendes ist ein Teil des Dachs unserer Hauptausstellungshalle eingestürzt. Mehrere der Ausstellungsstücke in der Halle wurden beschädigt, einschließlich unserer Ausgabe des *Blair-Witch-Kult*.

Wir haben das Buch zum Restaurieren geschickt, doch da es schon so alt ist, dauert die Arbeit vermutlich zwei Monate. Während dieser Zeit ist es für Sie leider nicht verfügbar. Für diese Unannehmlichkeit muss ich mich entschuldigen. Ich weiß, dass wir Ihnen versprochen haben, Ihnen das Buch für Ihre Forschungen zugänglich zu machen, ebenso wie wir es Ihnen ermöglichen wollten, Teile aus dem *Blair-Witch-Kult* in Ihrem Buch zu veröffentlichen.

Ich werde mich Anfang November wieder bei Ihnen melden und Ihnen über den Stand der Dinge berichten. Falls es Ihnen jedoch lieber ist, kann ich auch einen Kontakt zur Restaurierungsfirma herstellen, damit Sie sich direkt über die Fortschritte informieren lassen können.

Mit freundlichen Grüßen

Jane E. Coulter

Jane E. Coulter
Archivleiterin
Historische Gesellschaft Maryland

jmg/JC

Mutter Demdike, die berüchtigte Hexe von Lancashire
Holzschnitt, mit Genehmigung der Histor. Stiftung Salem

16. Sept

Liebe Margaret,

tut mir Leid, dass ich das letzte Mal am Telefon so neben der Spur war. Ich bin ein Morgenmuffel, außerdem geht es mir in den letzten Wochen ziemlich beschissen. Grippe oder so was... ich weiß nicht. Egal, Stephen und ich sind dieses Wochenende in Minnesota und gegen Ende des Monats in Burkittsville, wo wir auf die »Blair-Witch-Jagd« gehen. Klingt echt lustig, finde ich, aber Stephen hat mit dem Typen geredet, der sie leitet, und meint, es scheint okay zu sein (hier ist die Info). Wir werden sehen.

Tristen

Margaret Clark
Pocket Books
1230 6th Ave. 13th Floor
NY, NY 10020

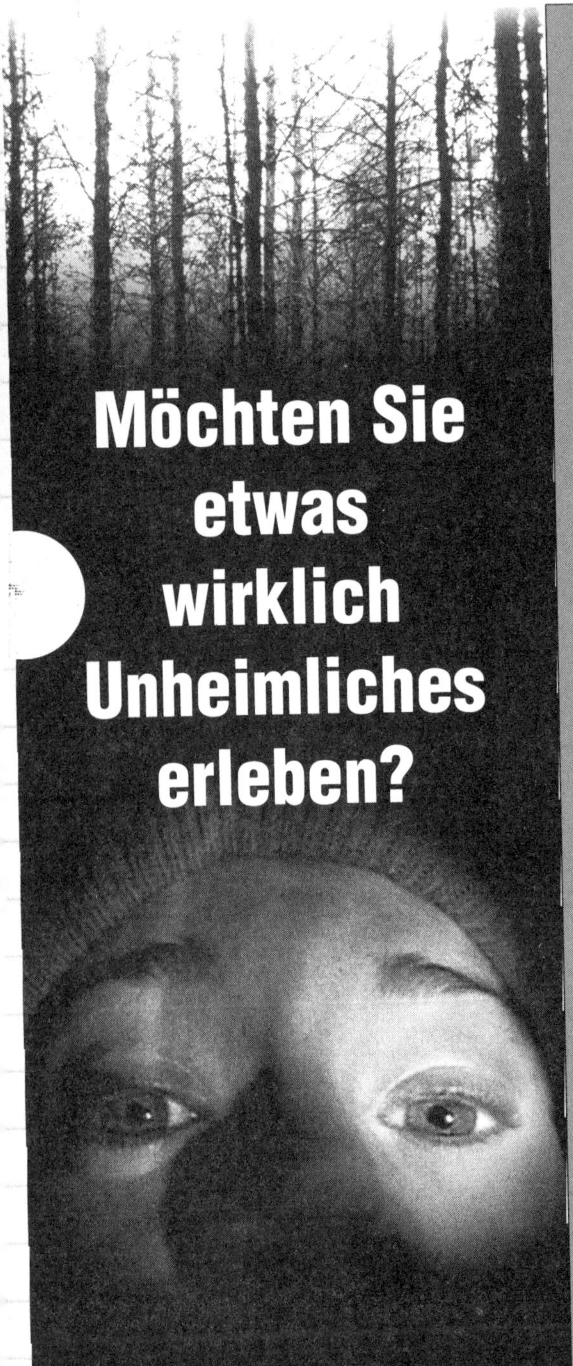

Die Blair-Witch-Jagd

Design: B. Buck Associates Frederick, Maryland

Stephen Ryan Parker
313 Kendall Common, Building 85
Cambridge MA 02141

Sie sind herzlich eingeladen zur …

BLAIR-WITCH-JAGD

TOUREN NUR MIT VORANMELDUNG

- ***Besuchen Sie Elly Kedwards Grab!***
- ***Sehen Sie sich Coffin Rock an!***
- ***Verbringen Sie eine Nacht in Rustin Parrs Haus … wenn Sie sich trauen!***

Möchten Sie den Schrecken des *Blair Witch Project* aus nächster Nähe erleben? Es gibt nur eine Möglichkeit, um in die Legende von Amerikas berüchtigtster Hexe einzutauchen – an der Blair-Witch-Jagd teilzunehmen. Unsere Experten führen Sie tief in die Black Hills, wo Sie über dieselben Pfade schreiten, über die einst die Hexe ging. Sie werden auf demselben Boden schlafen, auf dem das Blut ihrer Opfer verspritzt wurde!

Hunderte von Menschen kommen jedes Jahr nach Burkittsville, um nach der Hexe von Blair zu suchen … und kehren mit der Frage heim, was das ganze Getue eigentlich sollte. Sie wollen nicht zu diesen Menschen gehören? Wenn Sie das ultimative Erlebnis in dem »verwunschenen Haus« suchen … begleiten Sie uns auf der Blair-Witch-Jagd.

Natürlich gibt es in Burkittsville weit mehr als die Hexe von Blair. Der kleine Ort ist ein klassisches Beispiel einer bäuerlichen Gemeinde aus dem 19. Jahrhundert und spielte auch während des Bürgerkriegs eine bedeutende Rolle. Nicht weit von den bedeutendsten historischen Schauplätzen des Bürgerkriegs und von Washington D.C. entfernt, ist Burkittsville der ideale Ausgangspunkt für Ihre Reise in das historische Herz Amerikas!

Videoaufnahmen Ihrer Reise sind gegen eine Schutzgebühr erhältlich.

THE BLAIR WITCH HUNT
RFD 431, Rural Route 4
Jericho Mills, MD 36361
www.blairwitch-hunt.com

NIGHT OWL BOOKS

P. O. BOX 2187
WOODBRIDGE, VA 22195

http://www.nightowlbooks.com

Mr. Stephen Ryan Parker
c/o Margaret Clark
Pocket Books
1230 Avenue of the Americas
New York, NY 10020

12. September 1999

Sehr geehrte Ms. Clark!

Ich weiß, dass Stephen immer noch zu Forschungszwecken unterwegs ist, weswegen ich auf seinen Vorschlag hin diese Informationen an Sie schicke.

Endlich habe ich eine Ausgabe von ERZÄHLUNGEN ÜBER DAS UNHEIMLICHE vom November 1939 gefunden. Wie Sie sicher bereits wissen, galt dieses Magazin bei Sammlern als unter der Horror-Schundliteratur am schwierigsten zu finden. Seine Seltenheit rührt von der Tatsache her, dass es bei Black Printed Press gedruckt wurde, einem kleinen Verlag in Baltimore, der nur ein paar Jahre existierte. Seine Magazine wurden nur in einem kleinen Umkreis vertrieben (höchstwahrscheinlich nur in den mittleren Atlantikstaaten), und die Auflage bewegte sich vermutlich in einem Bereich zwischen 5.000 und 10.000 Exemplaren.

DAS UNHEIMLICHE hat heute unter Sammlern einen besonderen Wert, weil sich unter den Autoren Koryphäen wie H.P. Lovecraft, Clark Ashton Smith und viele andere erwähnenswerte Namen befanden. Auch wenn das Magazin nicht die höchsten Honorare zahlte, war es damals eines der wenigen Sprachrohre für übernatürliche Literatur und hat somit Autoren angezogen, die sich zwar auf dieses Genre spezialisiert hatten, ihre Arbeiten aber nirgendwo sonst an den Mann bringen konnten.

Der Zustand dieser Ausgabe ist wie folgt: Die Vorderseite des Einbands ist leicht zerrissen, doch die Farben sind noch in Ordnung, und das Magazin sieht gut aus. Innen ist es für sein Alter durchschnittlich gut erhalten, ziemlich unversehrt. Die Blätter sind typisch gebräunt und etwas spröde. Leider fehlen das Rückencover und die hinteren Seiten. Da es jedoch Stephens Ziel war, ein Exemplar mit August Simpsons Geschichte DAS BUCH DES SCHATTENS zu finden (die immer noch unversehrt ist), sind die Schäden dieser Ausgabe nicht zu seinem Nachteil. Normalerweise würde ich beim Verkauf eines Exemplars, das in sehr gutem oder besseren Zustand ist, 500-750 Dollar fordern. Doch angesichts der Tatsache, dass mehrere Seiten fehlen, verlange ich nur 175 Dollar. Ich denke, der Preis ist sehr angemessen. Ich weiß nur von zwei anderen Exemplaren dieser Ausgabe, die in den letzten zehn Jahren auf den Markt kamen und sich nun in Privatsammlungen befinden.

Bitte reichen Sie diese Nachricht an Stephen weiter und bitten Sie ihn, mich so bald wie möglich anzurufen.

Mit freundlichen Grüßen

Glenn Goggin

Clark, Margaret

Von: dastern@mac.com
Gesendet: Freitag, 8. Januar 2000 15:40:56
An: Clark, Margaret
Betrifft: Die Hexe von Blair – Hysterie oder Historie?

Wow. Wie werden wir daraus wohl ein Buch machen?

21. November 1999

SUNDAY MAGAZINE

THE BOSTON MAGAZINE

Stephen und Tristen:

Sie schrieben ihre eigene Romanze … bis zum letzten Kapitel • Howard Kornheiser

Der Wettlauf um die Aufzeichnung des menschlichen Genoms nimmt eine unerwartete Wendung • Matthew Jordan, Bugs Bunny, Bart Simpson und … Bad Elves? • Craig Kaffafian

Neues Stadtbild: Runder Tisch der Architekten

Wenn Märchen wahr werden ... gilt das auch für Albträume?

Das Traumpaar

Howard Kornheiser

Es sickert durch die Pflastersteine, weht von den ewig brennenden Gaslampen, späht durch die geschlossenen Fensterläden der Reihenhäuser aus Backstein. Man spürt es auf den Stufen des alten Gebetshauses, in dem 1774 eine öffentliche Versammlung abgehalten wurde, die als die berüchtigte Boston Tea Party bekannt wurde, oder es sitzt auf den Hockern entlang der Bar im Bull & Finch, dessen Fassade im *Cheers* abgebildet ist. Man findet es praktisch überall in dieser Enklave im Zentrum von Boston, das von der Beacon, Bowdoin und Cambridge Street und dem Storrow Drive begrenzt wird.

»Es« ist die Tradition, und es gibt keinen Ort auf Erden, der sich mehr darauf spezialisiert hat, »es« zu erhalten als das Viertel namens Beacon Hill.

Und es gibt in Beacon Hill keinen Ort, der tiefer in der Geschichte steckt als der South Slope, seit Ende des 18. Jh. Heimat der Crème de la Crème der Bostoner Gesellschaft. Alle alt eingesessenen Familien von Boston, zu denen der Arzt und Humorist Oliver Wendell Holmes, der berühmte Geistliche Daniel Howe und der Rechtsanwalt Barclay Parker gehörten, wohnten in Beacon Hill.

Parkers Familie besitzt immer noch ein Haus auf dem South Slope, obwohl die Familie mittlerweile ihren Hauptwohnsitz in Brookline hat. Seine Nachkommen haben sich auch ihren Platz in der Juristengemeinschaft von Boston bewahrt: Ururenkel William Parker war Gründungsmitglied von Parker, Slate, White, and Bedrum, eines der größten und angesehensten Unternehmen in Boston. Williams ältester Sohn Stanford, heute Junior-Partner in der Firma seines Vaters, hat dafür gesorgt, dass die Tradition für mindestens eine Generation fortleben wird. Und sein mittlerer Sohn Lucas hat das Familienerbe dadurch geehrt, dass er eine Firma als betriebsinterner Berater für Bendickson-Gamble, einem angesehenen Sicherheitsunternehmen in Washington D.C., eröffnet hat.

Und dann ist da noch Williams jüngster Sohn Stephen, der bereits mit 18 anfing, sich gegen die Familientradition aufzulehnen - am Anfang, indem er die Yale University besuchte (Brüder, Vater und Großvater waren nach Harvard gegangen), schließlich durch seinen Beruf als Historiker. So ketzerisch Stephens Benehmen damals auch scheinen mochte, es verblasst angesichts seiner Handlungen vom September, die dazu führten, dass er als erstes Mitglied seiner erhabenen Familie wegen Mordes angeklagt wurde.

Beacon Hill verfügt über die Geschichte, doch Bostons älteste Gebäude stehen zur Überraschung vieler Besucher im abseits gelegenen Dorchester. Das William-Blake-Haus (ca. 1650) ist eines der ältesten Häuser in ganz Neuengland. Obwohl Dorchester über eine reiche Kolonialtradition verfügt, weist der Vorort die größten ethnischen und finanziellen Differenzen in ganz Neuengland auf.

Einfacher ausgedrückt, es gibt ein paar hübsche und ein paar weniger hübsche Viertel.

Die großen viktorianischen Häuser auf der Harley Avenue stehen genau auf der Grenze. Anfang 1977 erwarb ein junges Lehrerpaar, George und Irene Ryler, eins dieser Häuser. Sie begannen sofort mit der Renovierung und gründeten eine Familie. Ihr erstes Kind, Tristen, wurde 1978 geboren, die jüngere Schwester folgte zwei Jahre später.

Die Arbeit am Haus nahm mehr Zeit in Anspruch als geplant, erinnert sich George. »Fünf Jahre hatten wir keinen Esstisch, zwei Jahre keine Tür zum Schlafzimmer und sechs Jahre keine Badewanne.« Beim Lachen verschwinden für einen Moment die tiefen Ringe unter seinen Augen und die Trübheit aus seinem Gesicht. »Oft mussten die Kinder im Spülbecken in der Küche gebadet werden.« Heute ist das Haus auf der Harley Avenue eine imposante Sehenswürdigkeit, doch an allen Ecken wird man an das ehemalige Renovierungsprojekt und an die Familie erinnert, die dort wohnte. George, stämmig, blond und Anfang fünfzig, verbrachte fast jeden Sommer damit, Tapeten herunterzureißen, Holztäfelungen abzukratzen und zu streichen, Böden abzuziehen und zu polieren. In jedem Quadratzentimeter des Hauses stecken sein Blut und Schweiß. Als er und Irene das Haus vor 23 Jahren erwarben, planten sie, für immer dort zu leben.

Anfang letzter Woche haben sie es zum Verkauf ausgeschrieben.

»Wir möchten bis Weihnachten hier weg sein«, erklärte Irene. Sie und George haben ihre Stellen in der Highschool bereits gekündigt. Sie haben vor, sich in Atlanta Arbeit zu suchen, wo ihre jüngere Tochter Suzanne zur Schule geht. Und wenn sie nicht gleich Arbeit finden, wird ihnen das Geld aus dem Hausverkauf einigen Trost spenden... wobei das Wort »Trost« vielleicht nicht ganz angebracht ist. Trost ist etwas, das George und Irene Ryler lange brauchen werden.

»Ich frage mich immer wieder, ob es einen Grund für das gab, was er meiner Kleinen angetan hat«, sagt Irene. »Nachts wache ich auf und frage mich: Warum?«

George Ryler ist bei seiner Wortwahl etwas direkter. »Ich brauche nicht zu wissen, warum«, sagt er. »Ich muss nur fünf Minuten mit dem Dreckskerl allein sein.«

Obwohl William Parker über die Wahl der Universität und des Berufs seines Sohnes erzürnt war, führte dies keineswegs zu einem dauerhaften Zerwürfnis zwischen den beiden. Eher im Gegenteil, wie manche meinen. Dadurch, dass Stephen seinen eigenen Weg ging, gewann er den Respekt seines Vaters, den keiner der älteren Brüder je hatte. Doch im Sommer 1995 verwandelte sich dieser Respekt erneut in Enttäuschung, als Stephen nicht zur etwa alle fünf Jahre stattfindenden Familienfeier erschien, sondern mit seiner Freundin auf eine Europareise ging. Dieses Jahr der Reise wurde zu einem Jahr des Schreibens und der Forschung, dessen Ergebnis schließlich, obwohl es ihn seine Freundin kostete, sein erstes Buch war: *Jenseits der Schwäche – Das Leben des Daniel Douglas Home.* Mit dem 1998 bei Yale University Press veröffentlichten Buch gewann Stephen die renommierte Lomax Fellowship, mit der ein Geldpreis verbunden war, der ihm seine Unabhängigkeit von der Familie sicherte.

Im Herbst 1996 allerdings war der erste Einfluss des Buches auf sein Leben nicht finanzieller Art. Vielmehr nährte *Jenseits der Schwäche* Stephens Interesse an der Geschichte des Glaubens an das Übernatürliche, und obwohl Yale normalerweise keine Abschlussarbeit zu diesem Thema zulässt, war Armand Soltzmann, Professor für Religion, von Stephens Vorarbeit überzeugt und unterstützte den Dissertationsvorschlag. Im September kehrte Stephen nach Yale zurück und begann seine akademische Laufbahn als Graduiertenstudent, was zu einer ganz neuen Verantwortung führte, u.a. zur Lehrassistenz bei Professor Soltzmann für dessen umfangreiche Vorlesungen.

Fast genau zwei Jahre später entschied sich eine College-Schülerin, ihren Schwerpunkt ebenfalls auf das Übernatürliche zu verlegen. Im April 1994 erarbeitete Heather Donahue, damals im letzten Jahr am Montgomery Community College in Rockville, Maryland, ihren Vorschlag für einen kurzen Dokumentarfilm, mit dem sie vorhatte, in die obere Riege der Filmschulen aufzusteigen. Thema des Films war ein (damals) wenig bekanntes Element der lokalen Folklore: die Hexe von Blair. Ihr Professor war über das Potenzial von Heathers Film ebenso begeistert, und bis zum Herbst des gleichen Jahres hatte sie es geschafft, sich die nötige Ausrüstung zu erbetteln, zu leihen oder anderweitig zu beschaffen, um ihren Traum zu verwirklichen. Am 20. Oktober 1994 begannen Heather Donahue, Joshua Leonard und Michael Williams in Burkittsville, Maryland, mit den Aufnahmen zu Heathers Abschlussarbeit. Einen Tag später machten sie sich auf den Weg in den Wald, von dem die Stadt umgeben ist, um einige Orte zu filmen, die mit der Legende von der Hexe von Blair in Verbindung gebracht werden.

Die drei wurden nie wiedergesehen.

Während in Rylers Haus vielleicht eine Tür oder die Farbe an den Wänden fehlten, waren sie jedoch nie knapp an Büchern. Tristen lernte schon früh lesen, und als sie auf die Graduate School ging, schrieb sie bereits ihre eigenen Geschichten, von denen die meisten von einer Gruppe jugendlicher Mädchen handelten.

»Sie waren wie der *Baby-Sitters Club*, nur dass es hier um Tris und ihre Freundinnen ging«, erinnert sich ihre Schwester Suzanne in Atlanta. Die drei Jahre im tiefen Süden haben ihrer Sprache einen leicht schleppenden Klang verliehen. Dieses Schleppen jedoch verschwindet jedes Mal, wenn sie von ihrer älteren Schwester redet.

»Ich habe immer wieder darum gebettelt, dass sie mich in einer ihrer Geschichten erwähnt. Mein Gott, wie muss sie das gehasst haben!« Schließlich gab Tristen nach und ließ ihre Schwester in einer Kindergeschichte mit dem Titel »Das kleine Mädchen vom Planet Stein« vorkommen. Damit gewann Tristen während ihrer Highschool-Jahre ihren ersten Literaturpreis (eine weitere Auszeichnung brachte ihr ein Mittagessen im Weißen Haus in Washington D.C. ein). Diese Ehren, gekoppelt mit ihren hervorragenden Schulnoten, sicherten ihr 1996 einen Platz an der Yale University.

Im ersten Jahr kamen ihre Interessen und die Neigung zum Schreiben durch den breit gefächerten Stundenplan voll auf ihre Kosten. Im Frühjahrssemester besuchte sie u.a. eine Vorlesung bei Professor Soltzmann, eine Einführung in Weltreligionen. Den Schulberichten zufolge hörten noch 121 weitere Studenten die Vorlesung. Wie es bei derart großen Veranstaltungen immer der Fall ist, bereitete Soltzmann die Lehrveranstaltungen vor, hielt die Vorlesungen und vergab Aufgaben, doch er stützte sich dabei auf eine Reihe von Studenten, die ihm halfen, die zahlreichen Hausarbeiten zu benoten und die Studenten zu unterstützen. Einer dieser Assistenten war Stephen Ryan Parker.

Für Ryler und Parker war es Liebe auf den ersten Blick, und in der Mitte des Semesters machte Tristen mit ihrem Freund Schluss und zog in Stephens Apartment in der Wooster Street. Die beiden waren laut Freunden unzertrennlich.

Einige Jahre später machte Stephens Karriere mit der Veröffentlichung von *Jenseits der Schwäche* und der Verleihung des Lomax Fellowship einen Sprung nach oben. Der Beweis, dass er auf eigenen Füßen stehen konnte, war erbracht. 1999 verließ er Yale und kehrte nach Boston zurück, wo er sich mitten in Cambridge eine Wohnung nahm. Die Familie empfing ihn und seine Freundin Ryler mit offenen Armen.

Die beiden fühlten sich in ihrem Viertel schnell heimisch. Unten im selben Haus war ein Java Joe's, wo sie fast jeden Morgen über Backwerk, Kaffee und Zeitungen hockten. Am Ende des Blocks lag das Mughlai Palace, ein indisches Restaurant, in dem das Paar oft noch spät gemütlich zu Abend aß. Und wenn sie Unterhaltung suchten, gab es gleich um die Ecke ein Kino, einen Blues-Club und einen Spielsalon. Cambridge, so schien es ihnen, bot alles.

Am Abend des 16. Juli wollten sich Tristen und Stephen nach einem Tag harter Arbeit in ihrer Wohnung einen Film gönnen. Doch als sie am Kendalt Square Cinema ankamen, stand dort bereits eine lange Schlange von Karteninhabern. Der Film, den sie zu sehen hofften, war schon lange ausverkauft, genauso wie die nächste Vorführung am selben und die am nächsten Abend. Die ganze Stadt schien ihnen einen Schritt voraus zu sein bei der Entdeckung des Überraschungsknüllers, der sich zum Kassenschlager des Sommers entwickeln würde: *Blair Witch Project*, Heather Donahues gefundene und wieder hergestellte filmische Abschlussarbeit. In den folgenden Wochen würde der Film die Nation in seinen Bann ziehen.

Allerdings war es die den Film umgebende Hysterie, die Stephens Interesse weckte.

Während der nächsten beiden Wochen schrieb er seine Eindrücke zu dieser Hysterie in einem Buchentwurf nieder und legte dafür eine Essay-Sammlung zur Seite, die er begonnen hatte. Ende Juli hatte er ein Exposé zu *Hexenjagd – Die Suche nach Elly Kedward* geschrieben und seiner Agentin geschickt. Der Vorschlag jedoch kam fast genauso schnell zurück, wie er fortgeschickt worden war.

»Das Problem mit der *Hexenjagd* war nicht das Thema, sondern die Umsetzung«, meint Jennifer Gates in ihrem New Yorker Büro. »Er hatte ein hervorragendes Konzept, das er allerdings in endlosen historischen Details erstickte. Er hatte den Kern der Idee verloren.«

Die Abweisung traf Stephen laut Aussagen von Freunden verständlicherweise hart – schließlich war es seine erste Niederlage. Gates machte deutlich, dass das Problem ihrer Meinung nach klar zu definieren sei. »Ich bat ihn, ein paar historische Einzelheiten herauszunehmen und das Buch leserfreundlicher zu machen. Ich sagte ihm, das Projekt käme gerade recht und sei mit leichten Änderungen gut zu verkaufen.«

Auftritt Tristen Ryler.

Während Stephen nicht den Wunsch verspürte, sich weiter mit seiner Niederlage zu beschäftigen, verstand sie sofort, was Gates ihrem Freund zu sagen versuchte. Was nun folgte, ist umstritten.

»Tris griff seine Idee auf und arbeitete sie um«, erklärt Suzanne Ryler. »Sie machte diese Idee zu einem Buch, das man kaufen würde, und das hat ihn wütend gemacht. Damit fingen ihre Probleme an. Das hat sie mir jedenfalls so erzählt.«

»So, wie ich die Sache sehe«, meint Parkers enger Freund, der Schriftsteller John Usler, »ermutigte Tristen ihren Freund, sich den Vorschlag anzusehen. Vielleicht hatte sie ihm bei der Entwicklung geholfen, aber das Schreiben selbst hat ausschließlich er erledigt.«

Stephen Ryan Parker (mit Genehmigung von Lucas Parker)

Tristen Ryler (mit Genehmigung von Irene Ryler)

spanntes Wochenende mit Freunden, danach fuhr Stephen zu einer Konferenz nach San Diego, und Tristen kehrte nach Cambridge zurück. Am 20. September trafen sie sich wieder, um nach Burkittsville in Maryland zu fahren.

Die Einzelheiten dieser Reise bilden das Futter für die Klatschspalten, genauso wie die grausigen Fotos, die sie dokumentieren. Von allen Tragödien dieses Wochenendes jedoch waren George und Irene Ryler am meisten von der Fehlgeburt überrascht, die ihre älteste Tochter am Tag ihrer Ermordung hatte. Tristen war in der sechsten Woche von Stephen schwanger.

Der Verbindungsnachweis für die Anrufe vom Tag vor ihrer Reise nach Burkittsville ergab, dass Tristen in der Beratungsstelle für Familienplanung in Cambridge angerufen hatte. Worüber sie sprach, bleibt geheim, doch die Wette gilt, dass es bei dem Gespräch um einen Schwangerschaftsabbruch ging. Laut ihrer engsten Freunde, einschließlich ihrer Schwester, stand das Kinderkriegen auf ihrer Tagesordnung nicht gerade ganz oben. Andererseits sei Stephen bereit gewesen, eine Familie zu gründen. Diese sich widersprechenden Wünsche brachen während ihrer Reise nach Burkittsville hervor und führten zu Tristens Tod.

Das Thema jedoch lässt sich nicht so leicht abhaken.

Das Beweismaterial, mit dem Stephen Ryan Parker, Kim Diamond und Jeff Patterson für ihre Rollen bei den so genannten »Black-Hills-Morden« belastet werden, wurde von der Polizei in Pattersons Loft in Jericho Mills, einer kleinen Stadt nahe Burkittsville gefunden. Zusammen mit dem bereits erwähnten Videoband sowie einem weiteren, das Patterson offenbar mit dem Mord an der 19-jährigen Erica Geerson belastet, fand die Polizei eine Reihe von Aktenordnern mit Pattersons Handschrift. Die Ordner enthalten persönliche Dokumente über Parker, Ryler, Diamond und Geerson.

»Wir wissen weder, woher er das Material hat, noch wie er daran gekommen ist«, erklärte Ronald Cravens, Sheriff von Burkittsville.

Das Material umfasst angeblich Rylers Tagebuch der vergangenen drei Monate; Parkers Verteidiger bemühen sich sehr darum. Es heißt, in dem Tagebuch sei die Beziehung zwischen ihrem Mandanten und Tristen Ryler in einem weitaus positiveren Licht beschrieben als es die bisher gefundenen Beweise vermuten lassen. Beweise, die dem Vater nichts nützen.

»Ich habe weder das Video noch das Tagebuch gesehen«, meint George Ryler. »Ich habe auch *Blair Witch Project* nicht gesehen. Was ich gesehen habe, war, wie meine Tochter in einer Holzkiste in die Erde hinabgelassen wurde. So einfach ist das.«

Gates selbst weiß nicht, wie der Vorschlag Form annahm. Aber Ende August hielt sie einen Abriss für *Die Hexe von Blair – Hysterie oder Historie?* in Händen. Das Material wurde zu ausgewählten New Yorker Verlagen geschickt und kurz darauf an Pocket Books, einem Ableger von Simon & Schuster, für einen ansehnlichen Betrag »in fünfstelliger Höhe« verkauft.

Mit diesem Verkauf begannen laut Freunden die Schwierigkeiten zwischen Tristen und Stephen.

»Es wäre voreilig, unsere Verteidigungsstrategie zu diesem Zeitpunkt offen zu legen.« Bis heute sind diese oder ähnliche Worte die einzige öffentliche Verlautbarung, die von dem Anwaltsteam, das mit Stephens Fall betraut wurde, zu hören ist. Die Leitung der fünfköpfigen Gruppe hat ein kleiner, glatzköpfiger Mann namens Karl Immerhauser. Obwohl Immerhauser und seiner Mannschaft das Ansehen von O.J. Simpsons »Dream Team« fehlt, verfügen sie insgesamt über mehr als ein Jahrhundert Gerichtserfahrung.

Vertreter der Anklage ist Jake Holt, Bezirksstaatsanwalt von Frederick County, der hinsichtlich seiner Verhandlungstaktik zuvorkommender ist. Kernstück der Anklage ist ein Video, das den Geschworenen gezeigt werden soll. Es zeigt in allen Einzelheiten den Mord an Tristen Ryler, verübt von den unversöhnlichen Händen ihres Freundes und Co-Autoren Stephen Ryan Parker.

Die Beziehung zwischen Tristen und Stephen mag mit dem Verkauf des Buchs ihren Niedergang genommen haben – auf jeden Fall war sie angespannt. Die Abendessen im Mughlai Palace wandelten sich von gemütlich zu gereizt, und oft arbeiteten die beiden tagelang getrennt voneinander. Tristen aß mehrmals bei ihren Eltern in Dorchester zu Abend. Irene Ryler erinnert sich, dass ihre Tochter bei diesen Anlässen mürrisch und wütend war. Der Abend des 8. Septembers, ein Mittwoch, war ein solcher Abend: Truthahn-Burger, Kraut- und Karottensalat und einsilbige Unterhaltung.

»Ich wusste, dass etwas nicht stimmte«, erzählt ihre Mutter. »Ich wünsche bei Gott, ich hätte sie dazu gebracht, mit mir darüber zu reden.«

Es war das letzte Mal, dass George und Irene Ryler ihre Tochter lebend sahen. Am 10. September fuhren Stephen Ryan Parker und Tristen Ryler zu einer Hochzeit nach Minnesota. Sie verbrachten ein ent-

Clark, Margaret

Von: dastern@mac.com
Gesendet: Montag, 7. Februar 2000 14:02:10
An: Clark, Margaret
Betrifft: Boston Times Magazine Piece

Ja, diese Akten, von denen Cravens gesprochen hat. Gute Idee.

Burkittsville, ich komme.

Patterson
STEPHEN RYAN PARKER
TRISTEN RYLER
ERICA GEERSON
KIM DIAMOND
Blue Files

KIM DIAMOND

THE AURORA EAGLE

12. MÄRZ 1994

Drei Jugendliche auf Sprayer-Tour geschnappt

von Laurie Smith
Mitarbeiterin der Redaktion

Kurz nach ein Uhr nachts fasste die Polizei drei Jugendliche nach einer kurzen Jagd durch die Straßen der Stadt. Sie wurden als Marie Parsons (16) und Linda Hunter (16) aus Aurora sowie Kim Diamond (15) aus Sugar Grove identifiziert. Die drei wurden während einer Streifenfahrt dabei ertappt, wie sie die Ladenfronten entlang der Main Street verunstalteten. Die Polizei zeigte sie wegen Sachbeschädigung, Hausfriedensbruch und vorsätzlicher Zerstörung von Eigentum an.

Für Parsons und Hunter war es die erste Verhaftung, Diamond war bereits früher wegen geringfügigen Diebstahls angeklagt worden.

CAMP LAGAUGE

EINWEISUNGSFORMULAR

Datum: 13. April 1994

Name des Kindes: Kimberly Lynn Diamond
Adresse: 461 1/2 Main Street
Sugar Grove Il 63780
Alter des Kindes: 15
Eintragungen im Strafregister des Kindes:
geringfügiger Diebstahl, Sachbeschädigung
Erziehungsberechtigter des Kindes:
Brazzio Diamond
Einweisung durch: Familienbehörde Kane County
Zuständig: Ellen Sherk

Anmerkungen:

Kimberly ist ein Mädchen mit starkem Willen und überdurchschnittlicher Intelligenz. Ihre Leistungen inner- und außerhalb der Schule entsprechen nicht ihrem Potenzial. Während der vergangenen Jahre wurde sie mehrmals wegen Fernbleibens vom Unterricht vorgeladen.

Ich berate Kimberly seit über einem Jahr. Während dieser Zeit sind mir beunruhigende Berichte über ihre familiäre Situation zu Ohren gekommen. Es war mir nicht möglich, ein Treffen mit Kimberlys Vater und ihrer Stiefmutter zu vereinbaren, um über die Situation zu reden. Trotzdem glaube ich, ihre häusliche Situation steht ihrem ausdrücklichen Wunsch, ihr Verhalten zu ändern, entgegen.

Ich bin der Ansicht, dass der Aufenthalt in einer strukturierteren Umgebung wie dem Camp LaGauge Kimberly sehr gut täte.

CAMP LAGAUGE

BERICHT ÜBER EINEN VORFALL

Datum: 16. November 1994

Aufsicht: Robert Earlington

Ort: Cafeteria

Teilnehmer: Kimberly Diamond, Anthony Chen, Anne Mainberger, Chantay Hughes

Einzelheiten zum Vorfall:

Ich beaufsichtigte Diamond, Chen, Mainberger und Hughes beim Putzen der Cafeteria. Diamond, Chen und Hughes arbeiteten in einem Raum, ich war mit Mainberger in einem anderen. Zuerst hörte ich laute Stimmen, dann, wie gekämpft wurde.

Ich ging in den Speisesaal, wo Hughes gerade Diamond mit dem Küchenmesser angriff. Chen hielt sie zurück. Chen erzählte mir später, Diamond habe den Streit provoziert, indem sie Hughes verspottete.

Maßnahmen:

Begünstigungen für Diamond außerhalb des Camps ausgesetzt; in Hughes Akte Verwarnung eingetragen. Bzgl. Chen keine Maßnahmen ergriffen.

CAMP LAGAUGE

BERICHT ÜBER EINEN VORFALL

Datum: 17. November 1994

Aufsicht: Robert Earlington

Ort: Hausmeistergebäude

Teilnehmer: Kimberly Diamond, Chantay Hughes

Einzelheiten zum Vorfall:

Diamond und Hughes wurden heute kurz nach dem Frühstück dabei erwischt, wie sie sich prügelten. Als ich hinzukam, hielt Hughes Diamond im Schwitzkasten, schlug ihr ins Gesicht und sagte immer wieder: »Das hättest du gar nicht wissen können.« Keins der Mädchen wollte den Vorfall näher erläutern.

Maßnahmen:

Begünstigungen für Hughes außerhalb des Camps ausgesetzt; für Diamond war es der dritte Vorfall in den letzten beiden Monaten, was ihren automatischen Ausschluss aus dem Camp zur Folge hat.

CAMP LAGAUGE

EINWEISUNGSFORMULAR

Datum: 14. Juni 1995

Name des Kindes: Kimberly Lynn Diamond
Adresse: 1336 Newland Ave.
Chicago IL 60643
Alter des Kindes: 16
Eintragungen im Strafregister des Kindes:
geringfügiger Diebstahl,
Sachbeschädigung
Erziehungsberechtigter des Kindes:
Brazzio Diamond
Einweisung durch: Familienbehörde Kane County
Zuständig: Ellen Sherk

Anmerkungen:

In den sechs Monaten seit ihrem Ausschluss aus dem Camp LaGauge hat Kim von weiteren zerstörerischen Aktivitäten Abstand genommen. Sie ist von ihrer Familie, die einen nachteiligen Einfluss auf sie hatte, weggezogen, was ihr hinsichtlich ihrer allgemeinen Lebensperspektive sehr geholfen hat. Allerdings glaube ich nicht, dass ihre gegenwärtige Gruppensituation für sie letztlich besser ist.

Ich habe mit ihr über die Möglichkeit gesprochen, nach Camp LaGauge zurückzukehren, und sie schien von der Idee begeistert zu sein.

CAMP LAGAUGE

BERICHT ÜBER EINEN VORFALL

Datum: 26. August 1995

Aufsicht: Robert Earlington

Ort: Cafeteria

Beteiligte: Kimberly Diamond, Anne Mainberger

Einzelheiten zum Vorfall:
Diamond beschimpfte Mainberger, woraufhin ich einschritt. Während des darauf folgenden Streits enthüllte sie persönliche Einzelheiten über mich, die sie nur durch Missbrauch vertraulicher Camp-Aufzeichnungen kennen konnte.

Maßnahmen:
Endgültiger Ausschluss entsprechend den Bedingungen ihrer Wiederaufnahme im Camp.

CAMP LAGAUGE

BERICHT ÜBER EINEN VORFALL

Datum: 27. November 1995

Aufsicht: Robert Earlington

Ort: Verwaltungsgebäude

Beteiligte: Kim Diamond

Einzelheiten zum Vorfall:

Heute Morgen wurde entdeckt, dass die Worte »Nichts zählt, und was ist, wenn doch?« quer über das Verwaltungsgebäude gesprüht worden waren. Diesen Satz hatte Diamond während ihres letzten Aufenthalts hier im Camp ständig wiederholt.

Maßnahmen: Keine Maßnahmen notwendig.

DIE BLAIR-WITCH-JAGD

Fragebogen zur Tour

Vielen Dank für Ihr Interesse an der Blair-Witch-Jagd. Unsere Tour stellt Ihnen alle Orte vor, die durch *Blair Witch Project* bekannt geworden sind, sowie viele andere Orte, die von der berühmten Hexe von Blair heimgesucht werden.

Um Ihre Reise für Sie so befriedigend wie möglich zu gestalten, bitten wir Sie, uns ein paar kurze Fragen zu beantworten.

Name: Kim Diamond

Adresse: 1334 Newland Ave.

Stadt, Staat, PLZ: Chicago IL 606438

Tel.:

Fax:

E-Mail: gothgrrrl@coolmail.com

Alter: 22

Beschäftigung: Genie

Zahlungsart:
[ ] VISA
[ ] MasterCard
[x] Scheck
Kartennummer:
Gültig bis:

Wählen Sie die Orte, die Sie am meisten interessieren:
[x] Union-Friedhof von Burkittsville
[x] Rustin Parrs Haus
[x] Coffin Rock
[x] Gerichtsgebäude von Burkittsville
[x] Tappy East Creek
[x] Altes Haus der Familie Brody
[x] Nanticoke-Friedhof

Gibt es noch weitere Orte in Zusammenhang mit der Hexe von Blair, die Sie sehen möchten?

Den Blair-Witch-Kult

Wären Sie an einer Besichtigung der historischen Schauplätze aus dem Bürgerkrieg interessiert, u.a. Antietam, das American National Battlefield und das historische Burkittsville?

[ ] Ja
[x] Nein

Sind Sie an einer Tour am Tag oder in der Nacht interessiert?

[x] nachts
[ ] am Tag

Teilnehmer an der Nachttour können Schlafsäcke und Zelte zu einem geringen Preis mieten. Sie können aber auch Ihre eigene Campingausrüstung mitbringen.

[ ] Ich bringe meine eigene Campingausrüstung mit.
Ich möchte mieten:
[ ] Schlafsack
[ ] Zelt *Was ist ein Zelt?*

Verpflegung ist im Preis inbegriffen. Bitte geben Sie besondere Verpflegungswünsche im nachstehenden Kasten an:

Bier

Platz für weitere Kommentare:

Womit gehen wir auf Jagd?
Soll ich mein Gewehr mitnehmen?

RESET

Die Gruppengröße ist auf sechs Teilnehmer beschränkt, die Gruppen werden nach Alter und Interessen zusammengestellt. Wir laden die Teilnehmer dazu ein, sich vor dem Tourdatum miteinander bekannt zu machen.
[x] Leiten Sie meine Angaben an andere Tourmitglieder weiter.
[ ] Leiten Sie meine Angaben nicht an andere Tourmitglieder weiter.

Sie können dieses Formular entweder online ausfüllen und unter Angabe Ihrer Kreditkartennummer absenden, um Ihre Reservierung zu sichern (wir verwenden sichere SSL-Server, also keine Angst), oder das vollständige Formular ausdrucken und es entweder unter Angabe Ihrer Kreditkartennummer oder Anzahlung von $50 an folgende Adresse schicken:

THE BLAIR WITCH HUNT
RFD 431, Rural Route 4
Jericho Mills, MD 36361

Posteingang

Von: **gothgrrrl@coolmail.com**
An: witchfinder@netfree.org
Betrifft: **Blair-Witch-Jagd**
Gesendet: Donnerstag, 16. September 1999 17:11:16

Ich verstehe nicht, wie der Scheck platzen konnte. Hier sind die Angaben zu meiner Kreditkarte (die Karte gehört meiner Stiefmutter Lauren Goddard).

VISA ############0644
Gültig bis 4/03

Ich fahre mit Freunden von Osten her bis Pittsburgh. Dann komme ich per Anhalter, auf Krücken oder womit auch immer nach Burkittsville.

Ich schicke Ihnen eine E-Mail von unterwegs.

ERICA GEERSON

DIE BLAIR-WITCH-JAGD

Fragebogen zur Tour

Vielen Dank für Ihr Interesse an der Blair-Witch-Jagd.
Unsere Tour stellt Ihnen alle Orte vor, die durch *Blair Witch Project* bekannt geworden sind, sowie viele andere Orte, die von der berühmten Hexe von Blair heimgesucht werden.

Um Ihre Reise für Sie so befriedigend wie möglich zu gestalten, bitten wir Sie, uns ein paar kurze Fragen zu beantworten.

Name: *Erica Geerson*

Adresse: *22 Jurgens Drive*

Stadt, Staat, PLZ: *Munnsville IL 40443*

Tel.:

Fax:

E-Mail: *wiccan@munns.edu.org*

Alter: *19*

Beschäftigung: *Student*

Zahlungsart:
[x] VISA
[ ] MasterCard
[ ] Scheck
Kartennummer: XXXXXXXXXXXXXX
Gültig bis: XXXXX

Wählen Sie die Orte, die Sie am meisten interessieren:
[ ] Union-Friedhof von Burkittsville
[x] Rustin Parrs Haus
[ ] Coffin Rock
[ ] Gerichtsgebäude von Burkittsville
[ ] Tappy East Creek
[ ] Altes Haus der Familie Brody
[ ] Nanticoke-Friedhof

Gibt es noch weitere Orte in Zusammenhang mit der Hexe von Blair, die Sie sehen möchten?

Orte in Zusammenhang mit Elly Kedward: Standort ihres Hauses? Grab?

Wären Sie an einer Besichtigung der historischen Schauplätze aus dem Bürgerkrieg interessiert, u.a. Antietam, das American National Battlefield und das historische Burkittsville?

[ ] Ja
[x] Nein

Sind Sie an einer Tour am Tag oder in der Nacht interessiert?

[x] nachts
[ ] am Tag

Teilnehmer an der Nachttour können Schlafsäcke und Zelte zu einem geringen Preis mieten. Sie können aber auch Ihre eigene Campingausrüstung mitbringen.

[ ] Ich bringe meine eigene Campingausrüstung mit.
Ich möchte mieten:
[x] Schlafsack
[x] Zelt

Verpflegung ist im Preis inbegriffen. Bitte geben Sie besondere Verpflegungswünsche im nachstehenden Kasten an:

Ich bin Vegetarierin

Platz für weitere Kommentare:

RESET

Die Gruppengröße ist auf sechs Teilnehmer beschränkt, die Gruppen werden nach Alter und Interessen zusammengestellt. Wir laden die Teilnehmer dazu ein, sich vor dem Tourdatum miteinander bekannt zu machen.

[ ] Leiten Sie meine Angaben an andere Tourmitglieder weiter.
[x] Leiten Sie meine Angaben nicht an andere Tourmitglieder weiter.

Sie können dieses Formular entweder online ausfüllen und unter Angabe Ihrer Kreditkartennummer absenden, um Ihre Reservierung zu sichern (wir verwenden sichere SSL-Server, also keine Angst), oder das vollständige Formular ausdrucken und es entweder unter Angabe Ihrer Kreditkartennummer oder Anzahlung von $50 an folgende Adresse schicken:

THE BLAIR WITCH HUNT
RFD 431, Rural Route 4
Jericho Mills, MD 36361

Posteingang

Von: witchfinder@netfree.org
An: wiccan2@munns.edu.org
Betrifft: Hallo?
Gesendet: Sonntag, 12. September 1999

Erica Geerson, bist Du irgendwo da draußen? Ich habe Dir per Post einen Prospekt geschickt. Er kam gerade zurück mit dem Hinweis »Zurück an Absender. Adresse unbekannt«.

Inbox

9/18/99 5:11

Posteingang

Von: **wicccan2@munns.edu.org**
An: witchfinder@netfree.org
Betrifft: **Hallo?**
Gesendet: Sonntag, 12. September 1999, 17:11:16

Hier bin ich.
Morgen Abend bin ich ab zehn Uhr im Wicca Chatroom von coolmail.com.

Coolmail Wicca Chat

Teilnehmer

witchfinder
elodie
agnes
dianea
arthur
corinne
mistressA
elizabethm

agnes: so ist es eben mit töchtern
elizabethm: stimmt. ich hab dasselbe problem mit meiner
witchfinder: hallo
dianea: willkommen...Witchfinder?
witchfinder: hallo. ist einer von euch erica?
mistressA: nein, hier gibt's keine Erica
elodie: woher kommst du, witchfinder?
witchfinder: Maryland
agnes: du gehörst doch nicht etwa zu diesen Blair-Witch-Leuten? Die haben uns echt einen haufen probleme gemacht.
elizabethm: fang doch nicht wieder damit an
wiccan2: hallo jeff
witchfinder: erica
wiccan2: ja
witchfinder: prima. ihr seid alle bei der tour vom 20. dabei
wiccan2: okay
witchfinder: hey, im fragebogen hast du gesagt du willst mehr über Elly Kedward wissen du solltest einen Stopp in Baltimore bei der Historischen Gesellschaft von Maryland einplanen da gibt es eine ausgabe eines romans der etwa 1800 über Elly geschrieben wurde
wiccan2: der Blair-Witch-Kult
witchfinder: genau
wiccan2: wieso glaubst du dass es ein roman ist?
witchfinder: ha ha
wiccan2: die frage war ernst gemeint
witchfinder: hast du ihn gelesen?
wiccan2: ja, hab ich
witchfinder: und du glaubst, diese sachen sind wirklich so passiert?
wiccan2: manches davon entspricht der wahrheit, glaube ich.
witchfinder: bitte nicht!!!
wiccan2: im ernst. Elly Kedward war ein opfer - genau wie die kinder
witchfinder: geh damit nicht hausieren, wenn du hierher kommst. das würde dich nicht gerade beliebt machen.
wiccan2: keine sorge. ich bin nicht verrückt. niemand wird sich sorgen machen müssen, dass ich kinder entführe.
witchfinder: was soll das heißen?
witchfinder: erica?
elodie: witchfinder? bist du noch da?
witchfinder: klar
elodie: mein computer hat kurz gesponnen
elizabethm: meiner auch
witchfinder: erica?
agnes: hier gibt es keine Erica, und bitte sag uns deinen namen, damit wir nicht immer witchfinder zu dir sagen müssen. das hat einen unangenehmen beigeschmack.
elizabethm: witchfinder?
agnes: weg. hat sich ausgelogt.

COMPOSITION BOOK
100 SHEETS • 9 3/4 in. x 7 1/2 in.
TRISTEN RYLER
Pen-Tab
Pen-Tab Industries, Inc.
Front Royal, VA 22630
Virginia • Kansas City • Los Angeles
50105

DIE BLAIR-WITCH-JAGD

Fragebogen zur Tour

Vielen Dank für Ihr Interesse an der Blair-Witch-Jagd.
Unsere Tour stellt Ihnen alle Orte vor, die durch *Blair Witch Project* bekannt geworden sind, sowie viele andere Orte, die von der berühmten Hexe von Blair heimgesucht werden.

Um Ihre Reise für Sie so befriedigend wie möglich zu gestalten, bitten wir Sie, uns ein paar kurze Fragen zu beantworten.

Name: Tristen Ryler

Adresse: 313 Kendall Common Building 85

Stadt, Staat, PLZ: Cambridge MA 02141

Tel.:

Fax:

E-Mail: Ryler1979@coolmail.com

Alter: 22

Beschäftigung: Studentin

Zahlungsart:
[x] VISA
[ ] MasterCard
[ ] Scheck

Kartennummer: XXXXXXXXXXXXXX
Gültig bis: XXXXX

Wählen Sie die Orte, die Sie am meisten interessieren:
[ ] Union-Friedhof von Burkittsville
[x] Rustin Parrs Haus
[x] Coffin Rock
[ ] Gerichtsgebäude von Burkittsville
[x] Tappy East Creek
[ ] Altes Haus der Familie Brody
[ ] Nanticoke-Friedhof

Gibt es noch weitere Orte in Zusammenhang mit der Hexe von Blair, die Sie sehen möchten?

Creegans Loft?

Wären Sie an einer Besichtigung der historischen Schauplätze aus dem Bürgerkrieg interessiert, u.a. Antietam, das American National Battlefield und das historische Burkittsville?
[x] Ja
[ ] Nein

Sind Sie an einer Tour am Tag oder in der Nacht interessiert?
[x] nachts
[ ] am Tag

Teilnehmer an der Nachttour können Schlafsäcke und Zelte zu einem geringen Preis mieten. Sie können aber auch Ihre eigene Campingausrüstung mitbringen.
[ ] Ich bringe meine eigene Campingausrüstung mit.
Ich möchte mieten:
[x] Schlafsack
[x] Zelt

Verpflegung ist im Preis inbegriffen. Bitte geben Sie besondere Verpflegungswünsche im nachstehenden Kasten an:

Platz für weitere Kommentare:

RESET

Die Gruppengröße ist auf sechs Teilnehmer beschränkt, die Gruppen werden nach Alter und Interessen zusammengestellt. Wir laden die Teilnehmer dazu ein, sich vor dem Tourdatum miteinander bekannt zu machen.

[x] Leiten Sie meine Angaben an andere Tourmitglieder weiter.

[ ] Leiten Sie meine Angaben nicht an andere Tourmitglieder weiter.

Sie können dieses Formular entweder online ausfüllen und unter Angabe Ihrer Kreditkartennummer absenden, um Ihre Reservierung zu sichern (wir verwenden sichere SSL-Server, also keine Angst), oder das vollständige Formular ausdrucken und es entweder unter Angabe Ihrer Kreditkartennummer oder Anzahlung von $50 an folgende Adresse schicken:

THE BLAIR WITCH HUNT
RFD 431, Rural Route 4
Jericho Mills, MD 36361

4. September

Und wieder meine morgendlichen Seiten.

Nein: Jetzt sind es meine Trauer-Seiten.

Oh, mein Gott. Was soll ich nur machen? Zuhause sitzen und Windeln wechseln? Kommt überhaupt nicht in Frage! Aber wer sollte es sonst tun? Er hat wieder einen Buchvertrag, einen Termin für eine Konferenz, er muss die Brötchen verdienen, also kann er es nicht tun. Ich denke einfach nur praktisch, mein Schatz. Herr Praktiker, Herr Zyniker, Herr »Wenn-du-es-nicht-filmen-kannst-dann-ist-es-nicht-passiert«. Wer ist der bessere Schriftsteller? Wer ist der bessere Journalist? Wer geht offen an die Sache heran, und wer will alles in bereits bestehende Kategorien des Übernatürlichen einordnen?

Wer hat die Auszeichnungen abgestaubt? Wer ist die Studentin, die mit ihrem Tutor geschlafen hat?

Verdammt, verdammt, verdammt! Was hab ich mir nur dabei gedacht?

So. Jetzt geht es mir besser.

Gut. Zurück zum Leben, wie wir es kennen.

Ich muss mich das nächste Mal, wenn ich in New York bin, mit Margaret zum Essen verabreden, um über die Romanidee zu reden. Das heißt, ich muss den ganzen Scheiß aus meinem Kopf heraus und auf Papier bringen. Ich weiß nicht, warum niemand vorher daran gedacht hat, einen historischen Roman auf der Basis der Blair-Witch-Ereignisse zu schreiben, mit einem gewissen Jayne Anne Krenz- oder Linda Howard-Touch. Ich kann das schaffen, das Problem ist nur, eine Hauptperson zu finden. Robin Weaver wäre eine gute Möglichkeit. Sie lebte bis irgendwann in den Fünfzigern, glaube ich, also hat sie Rustin Parr gekannt.

So ein Mist. Ich habe sowieso jeden Morgen nur etwa fünf Minuten mit diesen Seiten verbracht, und jetzt ist Stephen schon auf und steht unter der Dusche. Das heißt, ich kriege heute nicht mal so viel. Grrrrrr.

5. September

Blair-Witch-Witze:

Was ist überall schwarz und weiß und rot?

Rustin Parrs Tagebuch.

Was waren Heathers letzte Worte?

Schnitt!

Was waren Mikes letzte Worte?

Schnitt! Schnitt!

Was waren Joshs letzte Worte?

Es ist schwierig, ohne Zähne zu reden.

Warum ist das kleine Mädchen über die Black Rock Road gegangen?

Warte, warte, warte …

Dieser Witz ist echt daneben:

In mir wächst etwas.

Ich muss mit jemandem reden. Marion ist bei der Arbeit, Alison ist in Frankreich, Suzanne wäre zu aufgeregt, um vernünftig zu reden, und Mom …

Mom würde wissen wollen, wann die Hochzeit war.

Was spricht also gegen eine Hochzeit?

Stephen ist sehr kinderfreundlich.

Stephens Familie ist sehr kinderfreundlich.

Stephens Familie ist voll in Ordnung, besonders Lucas und Darcy.

Wenn Stephen nicht gerade einen auf bombastischen Alleswisser macht, ist er der wunderbarste Typ, den ich in meinem ganzen Leben kennen gelernt habe. Ich liebe ihn, obwohl ich wünschte, er wäre ein bisschen … abenteuerlicher. Hoffentlich findet er das hier nicht. Wenn ja, wird er mich umbringen.

Okay … genug der Nabelschau.

Der Roman:

Ich habe mich entschieden, dass die historische Elly Kedward die zentrale Figur sein muss, weil mit ihr der ganze Fluch angefangen hat, mit diesen kleinen Kindern im Wald. Das Problem ist, dass ich kein 800-Seiten-Buch schreiben will, das über mehrere Generationen geht. Ich möchte eine Hauptfigur, die sowohl vom Fluch verfolgt wird als auch direkt darin verwickelt ist. Jetzt, wo ich darüber nachdenke, wäre es auch gut, eins der Kinder vom Ende des 18. Jh. zu wählen. Ein Mädchen, das bis zu der Sache am Coffin Rock gelebt hat … obwohl dann Rustin Parr nicht mehr in die Geschichte reinpasst. Dann könnte ich so aufhören, dass sie lange genug lebte, um am Ende des Buchs Rustin Parr als Jungen kennen zu lernen. Vielleicht ist das Mädchen die Hexe? Nein, wie wär's, wenn das Mädchen eine Freundin von Elly war? Nachdem Elly getötet wurde, findet sie ihr Zauberbuch, darin steht ein Zauberspruch, mit dem sie die Kinder verflucht, die Elly umgebracht haben. He, genau, als Gegenleistung für ihre Unsterblichkeit opfert sie die Kinder.

Hmmm.

6. September

Scheiße.

Gerade hatte ich beschlossen, den Roman aus Robin Weavers Perspektive zu schreiben, als ich mir noch mal »Was die Hexe aus dem Wald sagte« angesehen und gemerkt habe, dass Malvey schon so was in der Art geschrieben hat.

Allerdings war dies der Anlass dafür, über Eileen Treacle nachzudenken.

1) Ihre Leiche wurde nie gefunden

2) Was wäre also … wenn sie gar nicht gestorben, sondern bei der Hexe in die Lehre gegangen wäre?

3) Was ist mit dem Dorf passiert, nachdem Eileen Treacle ertrunken ist? Ich meine, historisch gesehen. Die ganze Sache mit den Bündeln aus Stäben und dass der Fluss ölig wurde, scheint mir weit hergeholt zu sein. Das verlangt nach einem Gang in die Bibliothek.

Was zum Glück heute schon auf meinem Plan steht. Apropos…

Warum muss ich immer in die Bibliothek gehen und die Zeitungs- und Zeitschriftenartikel kopieren? All das Zeug, das ein Dritt-Semester erledigen kann? Warum muss ich immer die komischen bedröhnten Hippies mobilisieren und durch Rauchwolken krabbeln, um an Creegans dämliches Manifest zu kommen? Ich habe es satt. Wann stellen sie den ganzen Scheiß endlich ins Internet?

Tief durchatmen, Tris.

Creegan's Manifest

UNSERE PRINZIPIEN – JEDER, DER SIE ANNIMMT, IST BEI UNS WILLKOMMEN

Jeder, ob rot oder schwarz, gelb oder weiß, Mann oder Frau, jung oder alt ist ein menschliches Wesen.

WIR BEHANDELN EINANDER MIT RESPEKT.

Die Erde ist unsere Mutter. Sie war lange vor uns hier und wird lange nach uns immer noch hier sein.

WIR BEHANDELN DIE ERDE MIT RESPEKT.

Worte haben Macht. Sie dürfen nicht zum Schaden oder leichtfertig verwendet werden.

WIR BEHANDELN DAS GEHEIMNIS DER SPRACHE MIT RESPEKT.

Menschen sind sexuelle Wesen. Sex ist der Grund für unser Dasein und unsere natürliche Pflicht.

WIR BEHANDELN DIE SEXUALITÄT MIT RESPEKT.

Geld ist kein Ziel, sondern das Mittel für ein Ziel.
Drogen sind kein Ziel, sondern das Mittel für ein Ziel.
Macht ist kein Ziel, sondern das Mittel für ein Ziel.
Unser Ziel ist die Erleuchtung des Bewusstseins.
Unser Ziel ist die Erfüllung des Geistes.
Unser Ziel ist die Transzendenz des Körperlichen.

STEPHEN RYAN PARKER

Posteingang

Von: **lomaxfellow@coolmail.com**
An: witchfinder@netfree.org
Betrifft: **Die Hexe von Blair – Hysterie oder Historie**
Gesendet: Sonntag, 12. September 1999 13:04:53

Hallo Jeff!

Ich hoffe, es ist nicht so schlimm, aber ich habe den Fragebogen nicht ausgefüllt. Meine Antworten wären ohnehin in etwa die Gleichen wie die von Tristen.

Wie ich schon am Telefon sagte, behandelt unser Buch vor allem das Phänomen der »Massenhysterie« in Zusammenhang mit der Hexe von Blair (wir sprechen auch von anderen historischen Beispielen, Area 51 und Bigfoot hier in Amerika, Loch Ness und Bloody Sam Caine in England). Diesbezüglich hoffen wir, dass wir mit Ihnen über Ihre Erfahrungen in Burkittsville während des gesamten Phänomens »Blair Witch Project« reden können.

Wir freuen uns beide auf die Tour nächsten Monat.

Vielen Dank.

Posteinggang

Von: witchfinder@netfree.org
An: lomaxfellow@coolmail.com
Betrifft: Re: Die Hexe von Blair – Hysterie oder Historie
Gesendet: Sonntag, 12. September 1999

Ich kann Ihnen mit Heather, Josh und Mike nicht helfen. Ich war damals nicht hier. Letzte Woche war ich allerdings im Wald und habe Elvis getroffen, wenn das was nützt.

Jeff

PS: Wirklich … Bloody Sam? Mein Vater hat mir immer Geschichten über den Kerl erzählt.

Posteingang

Von: **lomaxfellow@coolmail.com**
An: witchfinder@netfree.org
Betrifft: **Geschichten von Bloody Sam**
Gesendet: Montag, 13. September 1999 8:12:15 AM

So wie die hier?

Wir wollten sie in unser Buch aufnehmen, aber der Verlag hat es abgelehnt.

Fairy Tales and Folklore
of
Lancashire County
Retold by Robert Stockwell

Bloody Sam vom Malkin Tower

Am Rande des Pendle Forest lebte ein Bauer mit seiner Frau und seinen beiden Söhnen. Es war eine arme Familie, und selbst in guten Zeiten hatten sie kaum genug zu essen. Als ihre Ernte von einer Plage heimgesucht wurde, hatten sie nichts, was sie auf dem Markt verkaufen konnten. Mit jedem Tag wurde das Essen knapper, und immer gaben die Eltern ihren beiden Söhnen den größeren Teil dessen, was sie hatten.

»Vater ist nur noch Haut und Knochen«, sagte eines Abends Robert, der ältere der beiden Jungen, zu seinem Bruder Jamie, als sie im Bett lagen.

»Und Mutter verhungert«, setzte Jamie hinzu.

»Wir sind alt genug, um in die Lehre zu gehen«, fuhr Robert fort. »Jetzt müssen wir unseren eigenen Weg in der Welt finden, oder wir werden zusehen müssen, wie unsere Eltern vor Hunger sterben.«

Sie entschieden sich, am nächsten Morgen von zu Hause fortzugehen. Dennoch schmerzte der Gedanke, den Ort, an dem sie ihr ganzes Leben verbracht hatten, und ihre geliebten Eltern zu verlassen.

Jamie weinte sich in den Schlaf, und Robert lag wach bis zum Morgengrauen.

Doch als die Sonne aufging, nahmen die Jungen all ihren Mut zusammen und zogen fort. Sie folgten dem Weg in den Pendle Forest, doch im Laufe des Tages verschwand der Weg. Als die Nacht hereinbrach, stießen sie im Wald auf einen alten verfallenen Turm. Er sah verlassen aus, doch von seiner Spitze stieg Rauch empor.

»Vielleicht können wir hier Unterschlupf für die Nacht finden«, sagte Robert. Er fasste sich ein Herz und klopfte an die Tür.

»Wer ist da?«, ertönte eine Stimme.

»Robert und James Rowland, zwei tüchtige Jungen, bereit, für ihr Abendessen zu arbeiten.«

»Jungen?«, fragte die Stimme zurück. Die Tür wurde geöffnet, und vor ihnen stand ein riesiger Mann, der ein Bein nachzog. Er war so hässlich anzusehen, dass Jamie und Robert trotz der Verlockung des warmen Feuers schnell wieder gehen wollten. »Tretet ein und habt keine Angst«, sagte der Mann und lockte sie mit seinem gekrümmten Finger herein. »Das Feuer ist warm, und ich habe auch etwas zu essen für euch.« Bei dem Gedanken an das Essen vergaßen die Jungen ihre Angst, da sie im Wald außer zwei oder drei Beeren den ganzen Tag nichts gegessen hatten.
Sie traten ein, und der Mann deckte für sie an seinem Tisch.

»Wie heißt ihr?«, wollte er wissen.

»Ich bin Robert Rowland.«

»Und ich bin Jamie Rowland. Wir sind von zu Hause fortgelaufen, weil es nicht genug zu essen für alle gab.«

»Was seid ihr für gute Jungs«, erwiderte der Mann. »Nun braucht ihr nicht mehr zu hungern.«

Mit diesen Worten schöpfte er ihnen Eintopf auf ihre Teller. Während sie aßen, sah sich Robert im Zimmer um. Überrascht erblickte er eine große schwarze Krähe über dem Kamin.

»Das ist sozusagen mein Haustier«, erzählte der Mann, der dem Blick des Jungen gefolgt war. »Ein gut erzogener Vogel.«

Als die beiden Jungen satt waren und nichts mehr essen konnten, zeigte ihnen der Mann zwei hübsche kleine Betten, die mit weißem Leinen bezogen waren. Robert und Jamie legten sich hinein und fühlten sich wie im Himmel.

Doch der Mann gab nur vor, freundlich zu sein, denn in Wirklichkeit war er Bloody Sam, der Mörder von Lancashire Castle, der Kindern auflauerte. Sobald ihm eines in die Hände fiel, tötete und kochte er es, bis es saftig war und er es essen konnte. Die Knochen und das Blut der Kinder verwendete er für seine Zaubereien. Er hatte die Jungen hoch oben von seinem Turm kommen sehen und von diesem Moment an ihr Schicksal geplant.

Nun beobachtete er Jamie und Robert in ihrem Schlaf und dachte bei sich: »Jeder von denen wird, sobald er fett geworden ist, einen köstlichen Happen abgeben, aber je jünger das Kind, desto süßer das Fleisch.« Und plötzlich schnappte er sich Jamie aus dem Bett, trug ihn in eine andere Zelle seines Turms und verschloss die vergitterte Tür hinter ihm.

Dann ging er zu Robert und rüttelte ihn wach.

»Steh auf, du Faulpelz! Hole Holz und Wasser, damit ich für deinen Bruder mehr Essen kochen und ihn für mein Abendessen schön fett und saftig machen kann!«

Tränen traten Robert in die Augen, doch der Mann packte ihn an der Kehle, so dass er gezwungen war, zu tun, was Bloody Sam ihm befohlen hatte.

Während er im Wald Holz sammelte, blickte er auf und sah die Krähe, die über ihm saß.

»Warum siehst du mich so an, Krähe?«

»Ich bin das Auge von Bloody Sam«, entgegnete die Krähe. »Er sieht dich durch mich. Er sieht, kann aber nicht hören.«

»Er ist ein mächtiger Zauberer«, sagte Rob.

»Nicht so mächtig wie mein alter Herr, von dem er seinen Zauber gestohlen hat«, erzählte die Krähe.

»Du redest, als seist auch du ein Gefangener!«, sagte Robert.

»Das bin ich.«

»Du musst mir helfen, Krähe, damit mein Bruder und ich nicht sterben müssen!«

»Das werde ich tun«, stimmte die Krähe zu. »Höre, denn ich habe einen Plan.«

So redeten sie eine Weile, bis Robert mit so viel Holz zum Turm zurückkehrte, wie er tragen konnte. Bloody Sam wartete schon auf ihn.

»Komm, Faulpelz, leg das Holz

ab! Dann musst du noch mehr holen!«

Robert tat, wie ihm befohlen wurde. Dann drehte er sich zu dem Mann um. »Ich habe gehört, je jünger ein Kind, desto süßer sein Fleisch.« Dies waren Sams Worte, wie ihm die Krähe erzählt hatte. »Deswegen habt Ihr vor, meinen Bruder zu essen, während ich Euer Sklave sein soll.«

»Das ist wahr«, bestätigte Bloody Sam.

»Dann lasst mich Euch an Stelle meines Bruders ein noch jüngeres Kind beschaffen. Wäre dies nicht ein noch besseres Mahl?«

»Das wäre es«, sagte der Mann, der vor seinen gierigen Augen bereits ein fettes, saftiges Kind über dem Feuer braten sah. »Doch die jüngeren Kinder sind schwer zu finden und noch schwerer zu fangen.«

»Auf einem Hof nicht weit von hier gibt es ein Mädchen, nicht älter als ein Jahr«, antwortete Rob. »Wenn ich es Euch bringe, werdet Ihr dann mich und meinen Bruder freilassen?«

»Das werde ich«, antwortete er.

»Dann werde ich gehen, sobald ich mehr Holz geholt habe«, sagte Robert.

»Geh gleich!«, befahl Bloody Sam, der schon das süße Fleisch des Kindes schmeckte.

»Ach!«, rief Robert aus. Doch er sah, dass der Plan der Krähe glückte, da Bloody Sams Gier seinen gesunden Menschenverstand betäubt hatte. »Dort gibt es einen grimmigen Hund, der das Mädchen bewacht.«

»Ein Hund? Den musst du töten.«

»Womit?«, fragte Robert. »Ich habe keine Waffe.«

»Hiermit.« Bloody Sam griff in seinen Umhang und zog einen Hühnerknochen hervor. »Ein vergifteter Knochen, den der Hund nur zu schlucken braucht, um im nächsten Moment zu sterben.«

»Aber dieser Hund mag keine Knochen«, entgegnete Robert.

»Dann nimm dies«, sagte Bloody Sam und griff erneut in seinen Umhang, aus dem er ein Fläschchen mit blutroter Flüssigkeit zog. »Ein Tropfen im Wasser des Hundes wird genügen.«

»Aber der Hund trinkt nur aus dem Bergbach, der am Hof vorbeifließt«, entgegnete Robert.

»Dann eben kalter Stahl!« Diesmal zog Bloody Sam einen goldenen Schlüssel aus seinem Umhang.

»Dieser Schlüssel öffnet meine Schatzkammer im Keller des Turms. Dort findest du die Waffe deiner Wahl.«

Dies war es, worauf Robert gehofft hatte. Er nickte und tat, wie Sam ihm aufgetragen hatte. Im Keller fand er die Schatzkammer, die er mit dem Schlüssel öffnete. Im Innern häuften sich Gold und Silber und Juwelen, ebenso die Waffen derjenigen, die Sam getötet hatte. Robert wählte das feinste Schwert aus, das fast zu schwer für ihn war. Doch er spürte, dass er es würde schwingen können, wenn die Zeit gekommen war.

Inmitten all der Schätze lag ein großes Buch; die Krähe hatte ihm aufgetragen, nach diesem Buch zu suchen, da dies das Zauberbuch war, mit dem die Krähe gefangen gehalten wurde.

Rob blätterte in den Seiten, bis er fand, wonach er suchte, und er las die

Worte. Schließlich nahm er das Schwert und brachte Bloody Sam den Schlüssel zurück.

»Eine feine Waffe«, sagte der. »Und jetzt geh! Ich bin hungrig. Wenn du bis Sonnenuntergang nicht zurück bist, werde ich deinen Bruder essen!«

Robert nahm einen Sack aus der Küche, in dem er das Kind tragen wollte, und machte sich auf in den Wald. Doch das Schwert wog schwer in seiner Hand, und er kam nur langsam voran. Die Sonne hatte den Zenit bereits überschritten, als er die Krähe an der Stelle im Wald traf, an der sie sich verabredet hatten. Ihre Augen waren geschlossen, sodass Bloody Sam nicht sehen konnte, wo Robert war, oder was geschehen würde.

»Hast du das Buch gefunden?«, fragte die Krähe.

»Habe ich.«

»Und den Zauberspruch darin?«

Robert nickte.

»Dann beeil dich!«, befahl die Krähe.

Robert legte das Schwert und den Sack ab. Er zog auf der Erde das Muster eines Pentagramms und stellte sich in dessen Mitte, wie die Krähe es ihm aufgetragen hatte. Mit geschlossenen Augen sprach er die Worte, die er in dem Zauberbuch gelesen hatte.

Der Geist flog gen Himmel
Und ward gefangen in falscher Form
Durch diese Worte ward der Geist gebunden
Durch diese Worte ward der Geist neu gebor'n.

Als Robert die Augen wieder öffnete, sah er vor sich keine Krähe mehr, sondern eine große Eule von edler Gestalt, deren Federn vom Alter gefärbt waren.

»Adonay, Lazay, Delamay, gesegnet seist du«, sprach die Eule mit majestätischer Stimme. »Nun müssen wir uns beeilen!«

Mit diesen Worten nahm die Eule den Sack in ihren Schnabel, und Robert ergriff das große Schwert mit beiden Händen. So schnell sie konnten, rannten sie durch den Wald.

Die Sonne ging bereits unter, als sie sich dem Turm näherten. Sie blieben einen Augenblick stehen, Robert hielt den Sack auf, und die Eule kletterte hinein.

Schließlich klopfte Robert an die Tür.

»Wer ist da?«, ertönte Sams Stimme.

»Ich bin es, Robert Rowland. Ich bringe Euer Abendessen.«

Kichernd vor Freude riss Sam die Tür auf.

»Komm, Junge, und bringe es hier ans Feuer«, sagte er.

Dies tat der Junge, und Sam nahm den Spieß vom Feuer, an dem er das Kind für sein Abendessen braten wollte.

Doch als Robert den Sack öffnete, flog die Eule heraus und erschreckte Bloody Sam. Und während er Robert den Rücken zukehrte, ergriff dieser das Schwert und schlug dem hässlichen alten Mann den Kopf ab!

Nun führte die Eule ihn zu der Zelle, in der sein Bruder Jamie gefangen gehalten wurde. Robert öffnete die Tür mit dem goldenen Schlüssel. Jamie schlief, und als Robert ihn erblickte, lächelte er zum ersten Mal seit Tagen.

»Wach auf, du Faulpelz!«, rief er. Gähnend streckte sich sein Bruder und öffnete die Augen. »Wir gehen nämlich wieder nach Hause!«

Sie trugen den Schatz von Bloody Sam nach Hause zu ihren Eltern. Das Zauberbuch jedoch beanspruchte die Eule für sich. Und es gab genug zu essen für alle, und fortan führten sie ein glückliches Leben.

Posteingang

Von: witchfinder@netfree.org
An: lomaxfellow@coolmail.com
Betrifft: Märchen
Gesendet: Dienstag, 14. September 1999, 12:08:09

Ha!
Hier habe ich eine Geschichte für Sie.

Das »Buch des Schattens«, von einem Schriftsteller namens August Simpson. Es stammt aus einem der alten Schundmagazine, *Erzählungen über das Unheimliche*. Es könnte ziemlich schwer zu beschaffen sein. Lohnt sich aber, besonders wenn man ein Fan von Bloody Sam ist.

Im Unterschied zu diesem Märchen ist das Ende verworren und unglücklich.

Genau die Art, wie es mir gefällt.

Posteingang

Von: **lomaxfellow@coolmail.com**
An: witchfinder@netfree.org
Betrifft: **Re: Märchen**
Gesendet: Dienstag, 14. September 1999, 14:12:15

Hallo Jeff!

Sie sind ganz schön durchgeknallt.

DECEMBER 13, 1999 $1.27 U.S. $1.64 CANADA

WORLD NEWS

BEAT

HEXE VON BLAIR SCHLÄGT WIEDER ZU

Stehen die entsetzlichen Morde von Maryland in Verbindung mit dem 200 Jahre alten Fluch?

EXKLUSIV:

DER ERSTE SPRECHENDE HUND DER WELT

»Sitz!«, sagt Bello zu seinem Herrchen

3lair-Witch-Schrulle warnte die Gruppe

von Betty Brant / *World News Beat*

Sie sah den Tod voraus

urkittsville, Maryland – Mary Brown, die letzten ommer durch ihren Auftritt in dem Kinohit 3lair Witch Project« zur Berühmtheit wurde, atte die unglückliche Gruppe, die sich auf die air-Witch-Jagd begeben hatte, vor der Gefahr ewarnt, die im Wald auf sie lauere.

Brown behauptet, die Letzte gewesen zu in, die die fünf jungen Menschen gesehen atte, ehe sie in die Black Hills aufgebrochen aren.

»Ich habe ihm gesagt, was passieren würde«, klärte Brown. »Aber er wollte nicht hören.«

Brown, die sehr zurückgezogen lebt, weigerte sich zu erzählen, wen sie mit »er« meinte oder was sie »ihm« sagte. BEAT erfuhr, dass sie mit Jeff Patterson bekannt war. Offensichtlich hatte sie am Nachmittag des 23. Juni auf dem Black Hills Market außerhalb von Burkittsville mit ihm gesprochen.

Zwei Tage später wurden Erica Geerson und Tristen Ryler, zwei Mitglieder aus Pattersons Gruppe, brutal ermordet. Die anderen drei Mitglieder sind nun wegen Mordes angeklagt.

efrorenes Dessert aus len 70er Jahren könnte chlüssel zum ewigen eben enthalten

'er von euch Baby-Boomern erinnert sich noch an das efrorene Dessert *Whip'n'Chill* aus den 70er Jahren? 'er so schlau war, ein oder zwei Schachteln aufzubeahren, ist den anderen vielleicht auf dem Weg zur uelle ewiger Jugend einen Schritt voraus, so Dr. Lazlo onricht von der Osteuropäischen Wissenschaftlerunion. n meinem Labor haben wir die Ratten während der tzten drei Jahre ausschließlich mit diesem *Whip'n'Chill* efüttert. Tests zeigten, dass ihre Haut und Inneren rgane eine ungewöhnliche Elastizität bewahrt haben«, klärt Dr. Bonricht. Die Ratten würden den Geschmack on Schweizer Schokolade vorziehen, aber auch Banane cht verschmähen.

Verschwinde, Hollywood!

Stadtbewohner wollen allein sein

Horden von Touristen haben seit »Blair Witch Project«, dem Kinoknüller dieses Sommers, die kleine Stadt Burkittsville in Maryland überflutet. Die letzte entsetzliche Serie von Toten hat die Stadt noch berühmter gemacht – doch den Einwohnern reicht's!

»Man kann keine drei Schritte gehen, ohne dass man ein Mikrofon vors Gesicht gehalten bekommt oder ein Blitzlicht losgeht«, beschwerte sich die langjährige Einwohnerin Wanda O'Neill. »Und alles, was nicht niet- und nagelfest ist, wird als Andenken geklaut.«

Andere sehen die Sache eher pragmatisch, wie der 96-jährige Burt Atkins, ein Ladenbesitzer aus Burkittsville. »Ich kann nicht sagen, dass mir das Geschäft missfällt«, meinte Atkins. »Aber es stimmt, dass die Touristen etwas mehr Respekt vor den hiesigen Einwohnern haben sollten.«

Die meisten Einwohner jedoch wollen keinen Respekt. Sie möchten einfach nur ihre Ruhe.

»Wir wollen die Großstadt-Typen hier raus haben«, erklärte der Farmer Wilbur Whateley. Ein Bus mit Touristen war falsch abgebogen und hatte fast einen Viertelhektar seines Maisfelds umgepflügt. »Da im Wald gibt's sowieso nichts, was die Leute was angehen würde.«

leue Kondome machen den ex wieder zur Überraschung!

ne neue Kondomserie, entwickelt von dem deutchen Pharmariesen Harrison/Votel/Hochstetter, 'eift auf alte chinesische Gebräuche zurück, um as Liebesleben wieder leidenschaftlicher zu estalten!

»Wir nennen sie Glückskondome«, erklärt r. Dedrick D. Piazza, Geschäftsführer des onsortiums mit Sitz in Hamburg. »Jedes Kondom ist mit einem Gleitfilm versehen und zusammen mit einem Zettel, auf dem eine Liebesszene beschrieben wird, in Plastik verpackt.«

Der Probeverkauf in norwegischen Fischerdörfern konnte mit großem Erfolg durchgeführt werden, meint Dr. Piazza. »Wir erwarten, dass wir spätestens nächstes Jahr auf dem nordamerikanischen Markt vertreten sind.«

DIE HEXE WAR MÖRDERIN!

Von Donald Mills / *Exklusiv für Beat*

Burkittsville, Maryland – In einer bizarren Wendung eines bereits bizarren Falls behauptet die wegen Mordes angeklagte Kim Diamond gegenüber den Polizeibehörden, dass die wahre Schuldige hinter den Verbrechen eine 200 Jahre alte Hexe sei!

Gothic-Kult-Anhängerin sagt: »Wir haben sie mit uns aus dem Wald gebracht.«

»Ich habe niemandem etwas getan«, verkündete Diamond auf einer eilig einberufenen Pressekonferenz. Mit Anwalt Bart Amesby an ihrer Seite beharrte das selbst ernannte Medium darauf, dass sie trotz der gegenteiligen Beweise an keinem der Morde von Burkittsville beteiligt gewesen sei.

Die ersten Morde ereigneten sich am Abend des 20. September, als die Leichen von fünf Menschen – drei Touristen und zwei ortsansässige Führer – ausgeweidet am Coffin Rock gefunden wurden.

Auch Diamond hatte an jenem Abend an der Blair-Witch-Jagd teilgenommen, die von ihrem Mitangeklagten Jeff Patterson geleitet wurde. Weitere Teilnehmer waren der Mitangeklagte Stephen Parker und zwei weitere Opfer, die Teilnehmerinnen Erica Geerson und Tristen Ryler.

»An diesem Abend im Wald hat alles angefangen«, berichtete Diamond der Presse. »Ich habe gespürt, dass etwas um uns war.«

Diamond bezei[…] net dieses »etwas« als […] Hexe von Blair, eine lo[…] le Legende, die auf […] Basis einer wirklich[…] Person entstanden ist u[…] seit letzten Sommer […] dem Kinohit *Blair W[…] Project* in den Medi[…] große Aufmerksamk[…] erregt hat.

Die Geschichte […] Hexe von Blair g[…] zurück auf das Jahr 17[…] als an der Stelle des he[…] gen Burkittsville die Stadt Blair l[…] Eine Frau namens Elly Kedward wur[…] wegen Hexerei angeklagt, für schul[…] befunden und verbannt. Seit jer[…] Zeit, so glaubt man, kehrt Kedward a[…] 60 Jahre zurück, um sich an der St[…] zu rächen. Die Hexe sei in mehr als […] Dutzend mysteriöser Tode verwick[…] die sich über die letzten zwei Jahr-h[…] derte ereigneten. Laut Diamond ste[…]

DIE

Hexe auch hinter den letzten
rden.

»Irgendwie kam Elly mit uns
dem Wald«, sagte Diamond.
e ist diejenige, die die Morde
übt hat.«

Ron Cravens, Sheriff von
kittsville, bezeichnet Diamonds
hauptungen als Unsinn. »Sie hat
s von Anfang an diese
schichte erzählt, die sich aber
rch nichts beweisen lässt.«

Als Beispiel führt Cravens den
rd an der Verkäuferin Peggy
ıler an, der Diamond ebenfalls
Last gelegt wird und der mit
ı Sicherheitskameras aufgezeich-
wurde.

»Das, was auf diesen Bändern
sehen ist, ist nicht wirklich pas-
rt«, erzählte Diamond der
esse.

Leiter der Mörder-Tour war geisteskrank

Der Mann, der als Rädelsführer der Blair-Witch-Morde angeklagt ist, hat vier Jahre in der Irrenanstalt verbracht – eingesperrt auf Anraten seiner eigenen Mutter.

Ron Cravens, Sheriff von Burkittsville, berichtete der erstaunten Presse, dass der in Burkittsville geborene Jeff Patterson 1992 in die Psychiatrie eingeliefert wurde, nachdem er die kleine Tochter eines Nachbarn entführt und mit ihr in die Black Hills geflohen war.

»Die Ärzte sagten damals, er sei nicht verhandlungsfähig«, berichtete der sichtlich wütende Cravens. »Ich wüsste gerne, was sie dazu veranlasst hatte zu glauben, es ginge ihm so gut, dass er wieder in die Gesellschaft entlassen werden konnte. Ich bin sicher, auch die Eltern der Opfer wollen das wissen.«

Patterson, der bei der Entführung 17 Jahre alt war, verbrachte vier Jahre in der angesehenen Psychiatrischen Klinik »Shelter Glen« in New Sussex, Massachusetts. Die Leiter der Klinik wollten zu den Vorfällen nicht Stellung nehmen. Auch Pattersons Mutter Elizabeth weigert sich, mit der Presse zu sprechen, seit ihrem Sohn die Morde zur Last gelegt werden.

Die Entführung vom 14. Mai 1992 erinnert in schauriger Weise an die berüchtigten, von dem Serienmörder Rustin Parr begangenen Kindsmorde von 1941. Patterson entführte an diesem Tag die 11 Monate alte Susan Marie Walker aus ihrer Wiege und verschwand mit ihr im Wald. Der damalige Deputy Ronald Cravens gehörte zu der Mannschaft, die Patterson schnappte und das Mädchen rettete.

Der Öffentlichkeit wurde zu keinem Zeitpunkt ein Tatmotiv mitgeteilt.

Clark, Margaret

Von: dastern@mac.com
Gesendet: Dienstag, 10. Februar 2000, 17:11:16
An: mclark@simonsays.com
Betrifft: Boulevardzeitungen

… bringen Sie zu den interessantesten Orten.

Weitere Infos über Pattersons Psychiatrieaufenthalt aus den Archiven der Lokalpresse.

Gegründet 1846

FREDERICK POST

28 Seiten 35 Cents

147. Jahrgang, Nummer 137 Frederick, Maryland Freitag, 15. Mai 1992

KIND VON JUGENDLICHEM ENTFÜHRT UND´UNVERSEHRT GERETTET

Von John Spencer
Mitarbeiter der Redaktion

Burkittsville – Ein elf Monate altes Mädchen aus Burkittsville, dessen Verschwinden am gestrigen Abend zu einer intensiven landesweiten Polizeisuche führte, wurde seinen Eltern heute Morgen unversehrt zurückgegeben.

Die kleine Susan Marie Walker war von ihren Eltern Chip und Frances Walker aus der Primrose Lane 13 am Dienstagabend friedlich schlafend in ihrem Zimmer zurückgelassen worden. Als ihre Mutter etwa gegen 22 Uhr ins Zimmer kam, um nach dem Kind zu sehen, stand das Fenster offen, und das Kind war fort. Orts- und Landespolizei leiteten umgehend eine Suche nach dem Kind ein, die immer noch andauerte, als Susan Marie unversehrt zurückgebracht wurde.

Die Behörden haben einen Verdächtigen festgenommen, einen ortsansässigen Jugendlichen, der die Familie Walker kannte. Namen wurden nicht genannt, da der Beschuldigte unter 18 Jahren ist. Auch ein Motiv für die Tat wurde nicht genannt.

SOHN EINES BEKANNTEN LOKALEN KÜNSTLERS HAT BABY DER WALKERS ENTFÜHRT

Von John Spencer
Mitarbeiter der Redaktion

Burkittsville – Die Behörden haben die Identität des Verdächtigen bekannt gegeben, der vergangene Woche in Burkittsville ein Kind entführt haben soll. Verdächtigt wird Jeffrey Patterson (17), der Sohn von Kathy Sharrar Patterson aus Braddock's Landing und Charles Patterson, einem bekannten Maler aus Burkittsville.

Jeff Patterson war mit der Familie Walker sehr vertraut, da er während der vergangenen Jahre des Öfteren auf ihre beiden Söhne aufgepasst hatte.

»Wir sind schockiert und traurig darüber, dass Jeff etwas mit der Tat zu tun hat«, meinte Chip Walker, der Vater des entführten Kindes. »Wir können nicht verstehen, warum er uns das angetan hat.«

Patterson befindet sich derzeit in Polizeigewahrsam. Die Behörden sind sich noch nicht einig, ob er für das Verbrechen wie ein Erwachsener zur Verantwortung gezogen werden kann.

Seine Mutter hat jeglichen Kommentar gegenüber der Presse abgelehnt, und Jeff selbst hat für seine Tat keine Erklärung abgegeben.

FREDERICK POST
Gegründet 1846
147. Jahrgang, Nummer 140
Frederick, Maryland
Montag, 18. Mai 1992
28 Seiten
35 Cents

PATTERSON NICHT VERHANDLUNGSFÄHIUG

Von John Spencer
Mitarbeiter der Redaktion

Burkittsville – In einer dramatischen Entwicklung hat ein Psychiater des County den der Entführung verdächtigten Jeff Patterson für verhandlungsunfähig erklärt.

Unter Berufung auf die Schweigepflicht weigerte sich Daniel Lombard, Sozialarbeiter im County Frederick, der Patterson untersuchte, Einzelheiten bezüglich seines Berichts bekannt zu geben. Doch Informationen aus dem Amt des Sheriffs von Burkittsville zufolge werde Patterson als unmittelbare Gefahr für sich und seine Umwelt bezeichnet.

Lombard, in Mississippi geboren, arbeitet seit zehn Jahren für die Gesundheitsbehörde des County. Seine Arbeit wird von zahlreichen Kollegen als beispielhaft bezeichnet.

Trotz Lombards Referenzen haben sich Staatsanwalt Louis Chimes sowie die Eltern des entführten Kindes, der elf Monate alten Susan Marie Walker, und Freunde der Familie gegen die Entscheidung ausgesprochen.

»Das zeigt doch, dass man mit Geld alles kaufen kann, auch die Gerechtigkeit«, meinte John Muller, ein Nachbar der Walkers. »Kathy wedelt mit ihrem Scheckbuch, und die Leute stehen Schlange, um zu tun, was sie ihnen sagt.«

Schätzungen zufolge verfügt Jeffs Mutter Kathy Sharrar Patterson über drei Millionen Dollar aus dem Verkauf der Kunstwerke ihres Mannes.

Durch einen Sprecher ließ Mrs. Patterson mitteilen, dass sie für ihren Sohn eine langfristige Behandlung in einer nicht genannten Einrichtung in einem anderen Bundesstaat anstrebt.

Daniel Lombard

FREDERICK POST
Gegründet 1846
147. Jahrgang, Nummer 162
Frederick, Maryland
Dienstag, 9. Juni 1992
28 Seiten
35 Cents

SHELTER GLEN

»Zeit und einen Ort der Heilung«

Shelter Glen

34 Dunham Place • New Sussex MA 06783
William Von Seeley, M.D., Director

26. Juni 1992

Kathleen Sharrar Patterson
Box 412 Rural Route D
Braddock Heights MD

Sehr geehrte Mrs. Patterson!

Erlauben Sie mir, Sie und Jeff im Namen der hiesigen Belegschaft als Mitglieder der Shelter-Glen-Gemeinschaft begrüßen zu dürfen. Gestern verbrachte ich einige Stunden mit Jeff und möchte Ihnen versichern, dass er sich trotz anfänglicher Schwierigkeiten an sein neues Zuhause gewöhnt zu haben scheint.

Uns allen ist bewusst, wie schwierig die Entscheidung war, Ihren Sohn in die Klinik einliefern zu lassen. Ungeachtet dessen möchte ich Sie bitten, dies als einen Schritt in die richtige Richtung zu betrachten. Geistige Krankheit ist ein Leiden, über das wir jeden Tag mehr lernen und das genauso heilbar ist wie jedes andere.

Während der nächsten Wochen werden unsere Mitarbeiter Jeffs Zustand einschätzen und eine Behandlung vorschlagen. Unser Ziel ist natürlich, Jeff als volles und produktives Mitglied der Gesellschaft zu Ihnen zurückkehren zu lassen.

Hochachtungsvoll

Dr. William Von Seeley

Dr. William Van Seeley
Leiter der Klinik

bp/WV

Shelter Glen

SHELTER GLEN
PATIENTENBERICHT

NAME DES PATIENTEN: Jeff Patterson

DATUM: 29. Juni 1992

ART DER UNTERSUCHUNG: Eingangsuntersuchung

UNTERSUCHENDER ARZT: Hillary Seaver

BEMERKUNGEN:
Fehlen von unorganisierter Sprache
keine Manie, keine flachen oder unangemessenen Affekte
keine übermäßigen spezifischen Wahnvorstellungen
keine kognitive Beeinträchtigung
durchschnittliche/überdurchschnittliche Intelligenz
dauerhafte auditive Halluzinationen
Verfolgungswahn/religiöser Wahn
HOCHGRADIGE ANGSTZUSTÄNDE!!!

DIAGNOSE:
Schizophrenie,
Paranoia

VERORDNUNG:
Haldol, 2 mg oral
Einzel- und Gruppentherapie

VERTRAULICH
Nur für internen Gebrauch

SHELTER GLEN
MEMO FÜR INTERNEN GEBRAUCH

AN: Verwaltung

VON: William Van Seeley

GESENDET: 17. August 1992

BETRIFFT: JEFFREY PATTERSON

Auf Bitten der Familie werden alle Sitzungen mit dem Patienten aufgezeichnet und transkribiert.

SHELTER GLEN
PATIENTENBERICHT

NAME DES PATIENTEN: Jeff Patterson

DATUM: 13. September 1992

ART DER SITZUNG: Einzeltherapie

PSYCHIATER/KLINISCHER THERAPEUT: Dr. Clayton Larsen

VERTRAULICH
Nur für internen Gebrauch

Wie gefällt es dir hier, Jeff?
Es ist okay.
Erica und Rachel scheinen dich sehr zu mögen.
Sie sind okay.
Aber die Gruppentherapie hat dir nicht so gut gefallen.
Ich wusste nicht, dass von mir erwartet wird, dass es mir gefallen soll.
Du hast dich nicht beteiligt.
Ich wusste nicht, dass ich Noten kriege.
In Ordnung. Macht es dir was aus, wenn wir ein bisschen darüber reden, was passiert ist – die Gründe, warum du hier bist?
Ich habe das Baby von den Walkers entführt.
Das stimmt. Können wir darüber reden, warum du das getan hast?
Je jünger das Kind, desto süßer das Fleisch.
Das verstehe ich nicht.
Wie lange werde ich hier sein?
Deine Mutter hält es für richtig, dass du jetzt im Moment hier bist. Ehrlich gesagt, weiß ich nicht, wie lange das dauern wird.
Okay.
Du nimmst also deine Medizin schon seit ein paar Monaten. Wie fühlst du dich?
Unverändert, glaube ich. Irgendwie nicht anders. Warum? Sollte ich mich anders fühlen?
Jeff. Wir werden eine Menge Zeit miteinander verbringen, du und ich, und es wird sehr unangenehm, wenn du über alles streiten willst.
Entschuldigung.
Fangen wir am besten von vorne an.
Gut. He … das Bild da … ist das Ihr Boot?
Ja. Und meine Frau und meine Kinder. Wir waren letzten Sommer am Cape.
Meine Eltern sind mit mir immer an den Rehoboth Beach gefahren.
Du bist ein Einzelkind, stimmt's?
Hmmhm.
Ich habe zwar vorher mit deiner Mutter gesprochen, aber offenbar weiß ich wenig über deinen Vater. Ich habe ein paar seiner Gemälde gesehen …
Ist es möglich, dass wir im Moment nicht über meinen Vater reden?
In Ordnung. Worüber würdest du denn gerne reden?
Über diese Klinik hier. Shelter Glen. Sie ist riesig.
Es sind viele Menschen hier.
Wie viele Patienten?
Zurzeit etwa hundertzwanzig.
Und wie viel Personal?
Alle zusammen? Etwa vierzig.
Vierzig Leute, um den durchgeknallten Patterson wieder zusammenzuflicken.
Jeff …
Nein, nein. Ich meine das nicht sarkastisch. Das ist gut so. Ich würde gerne ein besserer Mensch sein. Ich möchte nicht über die Dinge nachdenken, über die ich nachdenke.

KSP

19. Mai 1993

Lieber Jeff,

ich habe gerade mit Dr. Larsen telefoniert. Er sagte, dass Ihr beide sehr gut zurechtkommt. Ich bin froh, das zu hören. Ich würde all das sehr gerne auch von Dir hören – eine kurze Nachricht wäre nett.

Ich weiß, dass Du immer noch wütend auf mich bist, das kann ich verstehen. Glaube mir, ich möchte Dich genauso gerne zu Hause haben, wie Du hier zu Hause wärst. Es ist im Moment einfach nicht die richtige Zeit dafür.

Dr. Larsen sagt, dass Ihr für kommendes Wochenende eine Fahrt nach Boston zur alten »Ironsides« plant. Wenn Du magst, komme ich auch nach Boston, und wir verbringen ein bisschen Zeit miteinander. Du kannst anrufen oder schreiben oder es mich einfach über Dr. Larsen wissen lassen.

In Liebe

Mutter

Shelter Glen

SHELTER GLEN
PATIENTENBERICHT

NAME DES PATIENTEN: Jeff Patterson

DATUM: 8. September 1993

ART DER SITZUNG: Einzeltherapie

PSYCHIATER/KLINISCHER THERAPEUT: Dr. Clayton Larsen

Hallo, Jeff.
Hey, Dr. Larsen.
Du scheinst gute Laune zu haben.
Ja, es ist ein schöner Tag.
Ich habe dich vorher durchs Fenster beobachtet, wie du mit Richies Hund gespielt hast.
Ja, das ist ein lieber Hund.
Du hattest auch einen Hund, als du klein warst, stimmt's?
Hmmhm.
Jeff, du scheinst heute etwas durcheinander zu sein. Hast du deine Medizin genommen?
Hmmhm.
Und dir geht es gut?
Sehr gut.
Warum reden wir nicht ein bisschen über deinen Hund?
Rusty?
Ja, Rusty.
Ich habe ihn gerettet.
Ich weiß.
Woher wissen … oh. Meine Mutter hat Ihnen den Aufsatz gegeben.
Ich habe sie darum gebeten, nachdem ich mit ihr gesprochen hatte. Das war echt ein gutes Stück Arbeit. Wie alt warst du damals?
Ich weiß nicht mehr.
Erste Klasse, schauen wir mal nach. Du warst wahrscheinlich sechs.
Ich denke, ja.
Und warum hast du das hier geschrieben?
Es ist das, was passiert ist.
Und das ist Rusty?
Ja.
Und wer ist das, Jeff? Auf dem Felsen neben dir?
(unverständlich)
Jeff?
Ich will nicht darüber reden.

VERTRAULICH
Nur für internen Gebrauch

SHELTER GLEN
MEMO FÜR DEN INTERNEN GEBRAUCH

AN: Akte

VON: DR. CLAYTON LARSEN

GESENDET: 12. März 1994

BETRIFFT: JEFFREY PATTERSON

Patient zeigt sich nach wie vor oberflächlich kooperativ, hat aber beharrlich alle Versuche abgelehnt, über die Umstände seiner Wahnvorstellungen zu reden. Ich fürchte, diese Wahnvorstellungen haben sich bei ihm sehr stark festgesetzt.

Empfehlung: Erhöhung der Haldoldosis auf 3 mg.

Shelter Glen

SHELTER GLEN
PATIENTENBERICHT

NAME DES PATIENTEN: Jeff Patterson

DATUM: 5. August 1994

ART DER SITZUNG: Einzeltherapie

PSYCHIATER/KLINISCHER THERAPEUT: Dr. Clayton Larsen

VERTRAULICH
Nur für internen Gebrauch

Reden wir doch noch ein bisschen über die Hexe von Blair. Wenn ich in meine Aufzeichnungen schaue, sehe ich, dass wir bei dem Einsiedler aufgehört haben.
Rustin Parr.
Was uns ins Jahr 1969 zurückführt, und zum Blair-Witch-Kult.
Ja.
Was ist daran so lustig?
Kult. Es war nicht wirklich ein Kult. Das waren bloß ein paar Hippies, die im Wald Drogen genommen und darauf gewartet haben, dass irgendwas Unheimliches passiert.
Woher kommt der Name?
Ich glaube, er stammt aus diesem alten Buch, das sie für ihre Zeremonien benutzt haben. Oder vielleicht hat die Presse ihn erfunden, ich weiß nicht.
Du hast gesagt, sie haben darauf gewartet, dass was Unheimliches passiert. Wie kommst du darauf, dass sie das dachten?
Sie wissen doch, wo sie waren. In den Black Hills. Da sind viele komische Sachen passiert.
Jeff, hast du je von dem Begriff »Massenhysterie« gehört?
Klar. Wenn sich Menschen wie Lemminge verhalten. Einer springt ins Meer, und alle anderen folgen.
Genau. Wenn ich mir die Fälle anschaue, über die wir geredet haben, von der Hexe von Blair, die in den Black Hills ihr Unwesen treibt, dann sehe ich viele Beispiele der Massenhysterie. Kinder verschwinden - die Hexe von Blair ist daran schuld. Ein Kind ertrinkt im flachen Wasser - es ist die Hexe. Ein alter Einsiedler dreht durch - es ist die tote Hexe. Alle wachsen auf und hören die Geschichten der Hexe von Blair, und schließlich gehört das Ganze in diesem Teil von Maryland zum allgemeinen Glauben, der nur darauf wartet, ausgeschlachtet zu werden.
Gut. Aber in Zusammenhang mit dem Kult gab es keine Hysterie. Da ist nichts passiert.
Aber dieser Glaube existiert noch. Ich glaube, wenn heute was passiert, hüpfen die Leute immer noch aufgeregt rum und rufen »Die Hexe von Blair! Die Hexe von Blair!«
Ich denke, ja.
Verstehst du, was ich damit sagen will?
Ich habe die Hexe nicht gesehen.
Was hast du gesehen? - Jeff?
Ich weiß nicht.
Menschen hören Geschichten über die Hexe, sie sehen die Hexe. Du hörst Geschichten über Bloody Sam …
Die hat sie Ihnen auch gegeben?
Reg dich nicht auf, Jeff. Wir alle versuchen nur, dir zu helfen.

Shelter Glen

SHELTER GLEN
PATIENTENBERICHT

NAME DES PATIENTEN: Jeff Patterson

DATUM: 26. Oktober 1994

ART DER SITZUNG: Einzeltherapie

PSYCHIATER/KLINISCHER THERAPEUT: Dr. Clayton Larsen

Hallo, Jeff.
Zeichnen wir das hier wieder auf?
Wir zeichnen immer auf, das weißt du doch. Das hilft mir, die Fortschritte zu beobachten.
In Ordnung.
Jeff? Erica hat mir von letzter Nacht erzählt.
Ja.
Sie hat gesagt, du hattest einen Albtraum.
Da war Blut auf dem Felsen.
Was bedeutet das?
Was glauben Sie denn, was das bedeutet? Das war Blut auf dem Felsen. Das ist doch nicht so schwer zu verstehen, oder?
Nicht aufregen, Jeff. Möchtest du was zu trinken?
Ich hätte gern 'n Scheiß-Bier, das hätte ich gern, aber hier gibt's kein Bier, oder?
Du brauchst nicht zu schreien. Möchtest du ein Glas Wasser?
Okay.
Dieser Traum – du hast gesagt, da war Blut auf dem Felsen. War das der Coffin Rock?
Vielleicht. Ja, ich glaube, ja.
Wessen Blut war es?
Ich weiß nicht.
War es das Blut deines Vaters, Jeff?
Es könnte das Blut des Babys gewesen sein.
Das Baby von den Walkers?
Ja. Es war eine Abmachung. Das sollte ich tun. Damit der Zauber funktionierte. Genauso, wie es bei Rusty funktioniert hat.
Du hast das Baby zum Coffin Rock gebracht?
Ja, aber ich habe ihm das Blut nicht gegeben. Deswegen ist alles meine Schuld.
Das verstehe ich nicht.
Das Blut, das jetzt auf dem Felsen ist – das ist meine Schuld!
Jeff?
Es war eine Abmachung.

VERTRAULICH
Nur für internen Gebrauch

Shelter Glen

Liebe Mama,

ich glaube, es ist Zeit für mich, nach Hause zu kommen. Ich glaube nicht, dass es einen Unterschied macht, ob ich hier oder zu Hause bin. Wenn ich zu Hause bin, kann ich wenigstens reden, ohne dass ich auf jedes Wort, das ich sage, aufpassen muss.

Du könntest dieses Wochenende herkommen und mich abholen, und ich wäre an Erntedank zu Hause. Meinst du, die Familie von Jill würde zum Abendessen kommen, wie vor ein paar Jahren? Ich glaube, es würde mir helfen, Freunde um mich zu haben und wieder in einer vertrauten Umgebung zu sein. Wirklich.

Du weißt ja, dass die Polizei solche elektronischen Armbänder zur Überwachung hat, um sicherzugehen, dass man das Haus nicht verlässt. Ich könnte eins von diesen Dingern tragen.

Du musst nicht anrufen, du brauchst nur vorbeizukommen, wann immer du willst. Danke, Mama. Ich hab dich lieb.

Jeff

Shelter Glen

Liebe Mama,

die werden mir hier nicht erlauben, Arschloch zu Dir zu sagen, aber Du bist ein Arschloch! Weil Du ihnen meine Briefe gezeigt hast.

Vermutlich werden sie diesen hier auch zu sehen bekommen.

Auf Deinen Besuch an Weihnachten verzichte ich.

Jeff

»Zeit und einen Ort der Heilung«

Shelter Glen

34 Dunham Place • New Sussex MA 06783
William Von Seeley, M.D., Director

Kathleen Sharrar Patterson
Box 412 Rural Route D
Braddock Heights MD

3. Januar 1995

Sehr geehrte Mrs. Patterson!

Ich verstehe Ihre Sorge um den Fortschritt von Jeffs Behandlung sehr gut und stimme mit Ihnen in diesem Punkt völlig überein.

Wir als Institution und Psychiater im Allgemeinen glauben an die Wirksamkeit medikamentöser Therapie bei Krankheiten wie der von Jeff. In Anbetracht von Jeffs starker Unruhe empfehlen sowohl Dr. Larsen als auch unsere Oberärztin Dr. Seaver, von Haldol auf ein anderes Medikament, Mellaril, umzusteigen. Wir erwarten, dass damit Vorfälle wie im vergangenen Oktober auf jeden Fall vermieden werden.

Wir bitten Sie auch, Elektroschock-Behandlungen für Jeff in Erwägung zu ziehen. Für einige Menschen hat diese Behandlung unglücklicherweise einen unangenehmen Beigeschmack, der mit der wahren Natur dieser Methode nichts gemein hat. Ich erlaube mir, Ihnen eine Broschüre beizulegen, in der die Einzelheiten genauer dargelegt werden.

Von Ihrer Sekretärin habe ich erfahren, dass Sie bis nächste Woche außer Landes sind. Selbstverständlich würden wir diese Themen gern so schnell wie möglich mit Ihnen besprechen. Bitte rufen Sie mich baldmöglichst an.

Hochachtungsvoll

Dr. William Von Seeley

Dr. William Van Seeley
Leiter der Klinik

bp/WV

SHELTER GLEN
MEMO FÜR INTERNEN GEBRAUCH

AN: ALLE BETROFFENEN
VON: KLINIKLEITUNG
GESENDET: 13. Januar 1995
BETRIFFT: JEFF PATTERSON

Die Erziehungsberechtigte hat einer Elektroschockbehandlung zugestimmt.

Bitte erstellen Sie einen Plan, um mit der Behandlung umgehend zu beginnen. Eine Kopie bitte zu meinen Händen.

SHELTER GLEN
PATIENTENBERICHT

NAME DES PATIENTEN: Jeff Patterson

DATUM: 14. März 1995

ART DER SITZUNG: Einzeltherapie

PSYCHIATER/KLINISCHER THERAPEUT: Dr. Clayton Larsen

VERTRAULICH
Nur für internen Gebrauch

Das haben wir eine Weile schon nicht mehr getan.
Ich komme mir vor wie zu Hause.
Ach ja – deine Mutter war gestern da.
Ja, es klappt ganz gut.
Und wer war das Mädchen, das mit ihr gekommen ist?
Sie war auf der Highschool so eine Art Freundin von mir.
So eine Art?
Na ja … ich war ein ziemlicher Einzelgänger. Hab viel Zeit allein verbracht, in meinem Zimmer.
Jeff, wie alt warst du, als der Unfall passierte?
Fast zehn.
Können wir darüber reden?
Okay.
Nur ihr beide wart dort.
Als wir unser Lager aufgeschlagen haben, waren wir mitten im Wald.
Deswegen war es so schwierig, dich am nächsten Tag zu finden.
Genau. Es hat gedämmert. Die Sonne ging gerade unter. Er hat im Fluss das Geschirr vom Abendessen gespült und zum Trocknen auf den großen Felsen gelegt.
War es der Coffin Rock, wo du mit deinem Vater gewesen bist?
Nein, nein. Wir waren ganz am anderen Ende vom Wald.
Hattest du vielleicht gedacht, ihr wärt am Coffin Rock. Ich meine damals, als du neun warst.
Na ja … kann schon sein. Aber ich erinnere mich nicht.
In Ordnung. Erzähl weiter.
Also, ich dachte, ich würde im Wald was hören. Einen Bären oder so, irgendwas Großes, das näher kam. Mein Vater hat gesagt, er würde nachsehen, um mich zu beruhigen. Deswegen ist er auf den Felsen geklettert, wo er eine bessere Aussicht hatt Und …
Weiter, Jeff.
Ja, und dann ist es passiert.
Was ist dann passiert?
Er ist ausgerutscht und hingefallen. Ich bin auf den Felsen hoch gesprungen und ha versucht, ihm zu helfen, aber …
Du warst erst neun Jahre alt.
Ich konnte nichts tun.
Natürlich nicht. Du hast dann die ganze Nacht bei ihm gesessen. Das war sehr tapfer.
Hmmhm. Kann schon sein.
Jeff? Er ist ausgerutscht und hingefallen. Erzählst du mir, was du denkst, dass i es hören will, oder was du glaubst, wirklich gesehen zu haben?
Das, was passiert ist.
Jeff, ich habe Dr. Hoffmanns Briefe.
Na ja, ich weiß jetzt, dass ich mir Sachen eingebildet habe. Ich war hysterisch, stimmt's?
Natürlich warst du das. Aber es ist wichtig zu verstehen, warum.
Es wurde dunkel, überall waren Schatten, und alle möglichen Tiere rannten und flog herum …
Und du warst bei deinem Vater. Im Wald.
Ja.
Ist alles in Ordnung?
Ich hätte gern ein Glas Wasser.

Shelter Glen

Liebe Mama,

tut mir Leid, dass ich Deinen Anruf gestern verpasst habe, aber ich habe einen neuen Job bei der Firma Longnew Digital. Sie machen Audio- und Videoproduktionen, aber auch so Sachen wie Postproduktion. Ich bin zwar nur Laufbursche, aber ab und zu lassen sie mich auch mit den Geräten spielen.

Es war schön, Dich wiederzusehen. Sag Jill, dass ich sie völlig verstehe, ja? Mich bringt dieser Laden hier auch ein bisschen aus der Fassung, aber ich hatte drei Jahre Zeit, um mich daran zu gewöhnen. Sag ihr, dass ich sie bestimmt anrufe, wenn ich wieder zu Hause bin. Das wird, glaube ich, bald sein. Das merke ich an der Art, wie Dr. Larsen mit mir spricht und wie alle mich anschauen.

Ich kann's kaum erwarten.

Jeff

Shelter Glen

18. September 1995

Mr. und Mrs. Chip Walker
13 Primrose Lande
Burkittsville MD

Liebe Mrs. Walker,
lieber Mr. Walker!

Ich vermute, ich bin der letzte Mensch auf der Welt, von dem Sie einen Brief erwartet haben. Ich weiß, dass Sie womöglich nie mehr an mich denken oder von mir hören möchten, aber ich wollte Ihnen einfach schreiben und sagen, dass es mir Leid tut, was ich getan habe. Ich hoffe, Sie können mir verzeihen.

Als einzige Erklärung kann ich nur vermuten, dass ich wohl ein bisschen durchgedreht war. Hier im Shelter Glen wurde ich behandelt, und ich verstehe jetzt, dass alles, was ich dachte, Teil einer Wahnvorstellung war. Ich weiß nicht, ob diese Erklärung es leichter für Sie macht.

Ich möchte nur, dass Sie wissen, dass mir das, was geschehen ist, Leid tut. Ich bin froh, dass es Susan gut geht.
Ich hoffe, dass bei Ihnen alles in Ordnung ist.

Mit freundlichen Grüßen
Jeff Patterson

AN: GESAMTE BELEGSCHAFT
VON: KLINIKLEITUNG
GESENDET: 11. Oktober 1995
BETRIFFT: JEFF PATTERSON

Viele von Ihnen werden bereits wissen, das dies Jeff Pattersons letzte Woche in der Klinik ist. Auch wenn wir Jeff vermissen werden, ist dies doch ein Anlass zum Feiern.

Wir bitten Sie am Freitagabend um 19 Uhr ins Kraeplin-Zimmer zu Kaffee und Kuchen, um ihm Lebwohl zu sagen.

Viel Glück!

SHELTER GLEN
PATIENTENBERICHT

NAME DES PATIENTEN: Jeff Patterson

DATUM: 12. Oktober 1995

ART DER SITZUNG: Einzeltherapie

PSYCHIATER/KLINISCHER THERAPEUT: Dr. Clayton Larsen

VERTRAULICH
Nur für internen Gebrauch

Wie war die Party?

Toll.

Es tut mir so Leid, dass ich nicht dabei sein konnte.

Ist schon in Ordnung. Ich wusste ja, dass ich Sie heute noch mal sehe.

Wie fühlt man sich so, wenn man nach Hause geht?

Toll. So toll, dass ich gar nicht weiß, wie ich es beschreiben soll. Also, was wollen wir jetzt hier machen?

Nun, ich dachte einfach, wir könnten …

Sie möchten, dass ich erzähle, wie verrückt ich war?

Nein, das ist nicht nötig.

Ich war aber verrückt, als ich das Kind der Walkers mitgenommen habe. Zu glauben, mit dem Teufel einen Handel machen zu können.

Sehr poetisch.

Ja. Das stammt aus einer Geschichte von Ian Connors.

Den Satz habe ich wieder erkannt.

Sie haben ein paar Sachen von ihm gelesen?

Ich habe alles von ihm gelesen.

Wow.

Guck nicht so überrascht, Jeff. Ich musste sie lesen, um zu verstehen, was du denkst. Die eine – Das Buch des Schattens – haben wir mit in deine Akte getan.

Das ist komisch.

Warum?

Ich habe mir überlegt, ein Drehbuch auf der Grundlage dieser Geschichte zu schreiben.

Wirklich? Ich wusste nicht, dass du dich als Schriftsteller betätigen willst.

Ehrlich gesagt, weiß ich gar nicht, was ich tun will. Ich muss zuerst die Highschool zu Ende machen. Dann … ich weiß nicht. Ich habe ziemlich viel Glück. Wir haben genug Geld, so dass ich erstmal eine Zeit lang frei machen kann, vielleicht verreisen.

Und an deinem Drehbuch arbeiten.

Genau.

Das halte ich für eine tolle Idee. Horrorgeschichten sind wieder groß im Kommen.

Ja, ich glaube auch.

Und wer bekommt die Hauptrolle in der Geschichte?

Meine Traumbesetzung … als Sir Ian hätte ich gerne Peter Cushing, Sie wissen schon, von Hammer Films.

Klar.

Nur, dass er tot ist.

Das ist eine Traumbesetzung. Und der Amerikaner? Sein Helfer?

John Davis. Das ist klar: Die Rolle bekommt Bruce Willis.

Peter Cushing und Bruce Willis. Das wäre eine Kombination!

Ja, das wär's.

Und Bloody Sam?

Ich weiß nicht … das ist ein harter Brocken.

Ein paar Dinge darf man ruhig der Fantasie überlassen.

Stimmt.

Dann also, Jeff … leb wohl.

Ja. Sofern ich nicht der Hexe von Blair begegne, wenn ich nach Hause komme.

Jeff …

Das war doch bloß ein Witz. Sie brauchen sich keine Sorgen um mich zu machen. Glauben Sie mir, ich bin geheilt. Oh, Mann, ich bin für immer geheilt.

DAS BUCH
DES
SCHATTENS

Erzählungen über das
Unheimliche
November 2
Eine Hawk-O'Brien-Geschichte
von Wallace Biester
JOHN COLE YOUNGER
PAUL SCOTT SHANNON
K.T. RYAN
August Simpsons schreckliches
BUCH DES SCHATTENS
Ungekürzte Gruselgeschichte

EIN MAGAZIN FÜR DAS SELTSAME UND ÜBERNATÜRLICHE

Erzählungen über das Unheimliche

Eingetragen beim U.S.-Patentamt

Band 3 NOVEMBER 1939 – INHALT Number 6

Erscheint alle zwei Monate. Herausgegeben von *Erzählungen über das Unheimliche*, 42 Park Street, Baltimore, Maryland. Antrag als Drucksache beim Postamt Baltimore, Maryland. Einzelpreis 25 Cents. Abonnementpreise: ein Jahr in den USA $1,50 für 6 Ausgaben; Kanada $2,75; andere Länder $ 3,00. Der Verlag haftet nicht für unverlangt eingesandte Manuskripte, auch wenn derartige Einsendungen mit Rücksicht behandelt werden, solange sie im Besitz des Verlags sind. Der Inhalt dieses Magazins ist urheberrechtlich geschützt und darf weder als Ganzes noch in Teilen ohne Genehmigung des Verlags reproduziert werden.
HOLLAND WITHCOMB, Herausgeber

ERZÄHLUNGEN ÜBER DAS UNHEIMLICHE ERSCHEINT AM 15. JANUAR, MÄRZ, MAI, JULI, SEPTEMBER, NOVEMBER

Sir Ian Connors und John Davis verfolgen das Böse quer über den Atlantik – und stehen plötzlich ihrer eigenen, längst begrabenen Vergangenheit gegenüber! Eine ungekürzte Gruselgeschichte des Autors von »Des Affen zweite Pfote«.

DAS BUCH DES SCHATTENS

von August Simpson

»Gütiger Himmel! Mr. Hawley!«, rief sie. »Der Tisch!«

Der Herr, den Mrs. Penrose meinte, war unser Gastgeber Mr. Alistair Hawley, und der Tisch war der runde Tisch vor uns. An diesem Tisch war nichts Besonderes, wirklich nicht … sofern man die Tatsache übersah, dass er etwa zwei Zentimeter über dem Boden schwebte.

Abgesehen von dem roten Tischtuch befanden sich auf dem Tisch auch fünf miteinander verschlungene Händepaare. Sie gehörten mir, Miss Jennifer Smith (der Privatsekretärin von Mrs. Penrose), Hawley, Mrs. Penrose und meinem Arbeitgeber Sir Ian Connors.

Wir nahmen an einer Seance teil, die von Mr. Hawley im großen Stil geleitet wurde. Er hatte die Augen geschlossen, er murmelte leise vor sich hin, und wie ich schon sagte …

… der Tisch schwebte über dem Boden.

Er hatte sich langsam in die Luft gehoben, zuerst nur die Seite gegenüber von Mr. Harley, und auch nur einen Zentimeter. Die Holzbeine hatten einen Augenblick gezittert, als hätten sie Angst gehabt, sich vom festen Boden zu lösen. Dann, als sie offenbar Mut gefasst hatten, sich der Erdanziehung zu widersetzen, hob sich der Tisch plötzlich um gute acht Zentimeter.

»Oh, aber das ist unmöglich«, flüsterte Miss Smith. Sie hatte ihre tiefblauen Augen vor Staunen weit aufgerissen, und ihr Griff um meine Hand wurde fester.

Ich denke, ich sollte mich vorstellen. Mein Name ist John Davis, Amerikaner, geboren und aufgewachsen in Red Rock, New Mexico; doch die meiste Zeit meines Erwachsenenlebens – seit ich 18 wurde und merkte, dass es auf der Welt weit mehr gibt als den Viehtrieb – nenne ich London meine Heimat. Ich kam hierher auf der Suche nach Abenteuern und um der täglichen Langeweile des Rancher-Lebens zu entkommen, das ich zur Genüge kennen gelernt hatte. Diese Suche war mir besonders während der vergangenen zehn Jahre geglückt, in denen ich für Sir Ian Connors gearbeitet hatte.

Zu ihm komme ich gleich.

»Haben Sie das, worum ich Sie gebeten habe, Madame?«, fragte Hawley.

»O ja, etwas, das meinem Mann gehörte, ja«, antwortete Mrs. Penrose. »Miss Smith hat seine Taschenuhr. Jennifer?«

Die junge Dame neben mir griff in ihre Handtasche und zog eine Uhr mit einer langen Kette heraus. Miss Smith reichte sie Hawley.

»Hervorragend.« Er hielt die Uhr einen Augenblick in seiner Hand. Der Buchstabe »L« war in das Silber eingraviert, was darauf hindeutet, dass die Uhr aus Leicester stammte. Möglicherweise war sie mehr wert, als Hawley im vergangenen Jahr verdient hatte. An der Art, wie er sie liebkosend in der Hand hielt, merkte ich, dass er sich ihres Wertes bewusst war.

»Ihr Mann schätzte dieses Stück, Madame?«

Mrs. Penrose nickte heftig. »Er hat sie überallhin mitgenommen.«

»Dann wird er ihre Anwesenheit ohne Zweifel über den Äther hinweg spüren.« Hawley legte die Uhr in die Mitte des Tisches, und wir legten die Hände wieder ineinander.

»Wir möchten Kontakt mit dem Geist von Cornelius Penrose aufnehmen«, begann Mr. Hawley. »Mr. Penrose, sind Sie da?«

Sir Ian und ich blickten uns an.

Zu Lebzeiten war Mr. Penrose einer der wohlhabendsten Industriellen Londons gewesen. Das Vermögen, das er seiner Frau hinterlassen hatte, wurde auf weit mehr als zehn Millionen Pfund geschätzt. Seit Mr. Penroses Tod hatte seine Witwe ein halbes Dutzend Finanzberater aufgesucht, um zu entscheiden, was sie mit dem Geld ihres Mannes tun sollte.

Nun hatte sie beschlossen, Mr. Penrose direkt zu fragen – mit Hilfe von Mr. Hawley, den Miss Smith von Anfang an im Verdacht hatte, dass er es nicht nur auf sein Honorar, sondern auch auf einen beträchtlichen Anteil von Penroses Vermögen abgesehen hatte. Miss Smith hatte sich mit diesem Misstrauen in der vorangegangenen Woche an Sir Ian und mich gewendet, als sie uns in der Plymouth 21 aufgesucht hatte. Sir Ian und ich mussten schließlich ihren Verdacht bestätigen. Hawley war ein Betrüger gewesen, bevor er Medium geworden war. Sein letzter Coup war ein Bürgschaftsschwindel gewesen, der ihm mehrere Hundert Pfund und sechs Monate Gefängnis eingebracht hatte.

Sir Ian und ich hielten die Gelegenheit für günstig. Während Hawleys Nachforschungen zu seiner neuen Tätigkeit hatte er unsere Namen gehört, weswegen wir nun andere verwendeten. Ich war als General Rod Honeycutt, ein Rinderzüchter aus Texas, erschienen, und Sir Ian als mein Diener Mr. Northall. Unser Vorwand für die Teilnahme an der Seance? Ein romantisches Interesse meinerseits an Miss Smith, deren Wohlergehen mir als Gentleman sehr am Herzen lag.

»Mr. Penrose«, wiederholte Hawley. »Sind Sie da?«

Der Tisch hob sich erneut vom Boden und senkte sich wieder.

»Beim Schleier von Ashtoreth«, begann Hawley. »Im Namen von Asmodeus …«

»Sie Narr«, sagte Sir Ian laut. »Hören Sie sofort damit auf.«

Hawley blickte auf, als hätte man ihn geohrfeigt.

»Bitte?«

»Sie spielen mit Mächten, von denen Sie keinerlei Kenntnis haben«, sagte Sir Ian.

»Das Einzige, wovon Sie Kenntnis haben, sind die anderen Einbrecher der Stadt«, fügte ich hinzu.

»Meine Herren?« Hawleys Blick wanderte zwischen uns hin und her. »Was soll der Unsinn?«

»Der Unsinn ist diese Scharade hier«, antwortete Sir Ian und erhob sich. »Und diesen Unsinn beende ich hiermit.«

»Also wirklich, General Honeycutt«, meinte Mrs. Penrose über den Tisch gebeugt mit gedämpfter Stimme zu mir. »Können Sie nicht etwas wegen dieses Mannes unternehmen?«

»Er heißt nicht Honeycutt, Madame«, erklärte Sir Ian. »Und ich bin nicht sein Diener.«

»Was? Wer sind Sie dann?«, fragte

Mrs. Penrose, deren Blick zwischen uns beiden hin und her schoss.

»Wir sind in diesem Fall Ihre Diener, Madame, engagiert von Miss Smith.« Er blickte von oben auf Hawley herab. »Dieser Mann ist John Davis, und ich bin Sir Ian Connors.«

»Connors!«, keuchte Hawley. Hastig erhob er sich und wich vom Tisch zurück. »Was für ein Trick ist das?«

»Ein Trick in einer guten Sache, Sir«, entgegnete Sir Ian. »Während Ihr Trick nur der Befriedigung Ihrer eigenen Gier dient!«

Wie zuvor vereinbart, nickte Sir Ian mir zu, woraufhin ich mich hinter Hawley stellte und ihm die Arme hinter dem Rücken festhielt.

»Was hat diese Unverschämtheit zu bedeuten?«, zischte Hawley. »Lassen Sie mich sofort los!«

»Halten Sie ihn fest, Davis!« Sir Ian trat hinter dem Tisch hervor und kam auf uns zu. »Ich werde Ihnen zeigen, was diese Unverschämtheit zu bedeuten hat, Sir.«

Hawley zuckte zurück, als Sir Ian auf uns zukam. Mit einem Ruck öffnete er Hawleys langen Mantel.

»Hier, Mrs. Penrose«, sagte Sir Ian. »Hiermit ist das Wunder des schwebenden Tisches enthüllt.«

Die Witwe schnappte ebenso wie Miss Smith nach Luft, da an Hawleys Gürtel ein riesiger, nach oben zeigender Haken aus Metall befestigt war.

»Ich werde Ihnen zeigen, wie die Geister diesen Tisch in die Höhe gehoben haben.« Ehe Hawley sich rühren konnte, hatte ihm Sir Ian den Haken abgenommen und ihn an seinem eigenen Gürtel befestigt. Dann setzte er sich auf Hawleys Platz.

»Sehen Sie.« Er zog den Stuhl an den Tisch heran. »Ich setze mich so, dass der Haken nach oben zeigt und die Tischkante berührt ... so. Dann« – er legte die Hände auf den Tisch – »lehne ich mich zurück, drücke gleichzeitig mit den Händen nach unten und ... voilà!«

Vor unseren Augen schwebte der Tisch etwa 15 Zentimeter über dem Boden.

»Oh!« Mrs. Penrose legte die Hand an die Brust. »Wie konnten Sie nur! Schämen Sie sich, Mr. Hawley. Eine gutgläubige Natur wie die meine derart auszunutzen. Sie werden von meinen Anwälten hören, das kann ich Ihnen versichern!«

Hawley erschlaffte in meinem Griff und ließ den Kopf hängen. Er tat mir Leid – allerdings nur einen Moment lang.

»Unglaublich«, sagte Miss Smith mit einem bewundernden Blick auf Sir Ian. »Ihr Ruf wird Ihnen nicht gerecht, Sir. Ich wünschte, es gäbe etwas, womit ich Ihnen meine Anerkennung beweisen könnte.«

Ich unterdrückte ein Grinsen. Viele junge Damen hatten während des Jahrzehnts, das ich für ihn arbeitete, versucht, Sir Ian ihre Anerkennung zu beweisen. Doch keiner dieser Damen erlaubte er je, seine Rüstung zu durchdringen. Sir Ians Leidenschaft war seine Arbeit – Gauner wie Alistair Hawley bloßzustellen und, was wichtiger war, sie davon abzuhalten, die Geister zum Leben zu erwecken, die sie riefen.

»Diese Medien sind wie Kinder, denen man eine bunte Streichholzschachtel gibt«, hatte Sir Ian einmal zu mir gesagt. »Unsere Pflicht, Mr. Davis, ist es, sie davon abzuhalten, ein Feuer zu legen.«

Diese Lektion hatte Sir Ian durch bittere Erfahrung gelernt. Ich beziehe mich dabei auf den Fall in »Des Affen zweite Pfote« und auf das Schicksal von Victoria Summers, der jungen Dame, die einst mit Sir Ian verlobt gewesen war. Ihr Körper lag jetzt in einer makellos sauberen, luxuriös eingerichteten Suite im Privatflügel des Bethlehem Hospitals in London.

Ihr Geist weilte unglücklicherweise an einem anderen Ort.

Diese schrecklichen Umstände waren das direkte Ergebnis eines einzigen Fehlers, den Sir Ian begangen hatte, eine falsche Berechnung, die nun jeden Augenblick seines Lebens schwer auf ihm lastete.

Sir Ian gab mir den Gürtel, den ich dazu benutzte, Hawleys Hände zu fesseln. In der Zwischenzeit wehrte Sir Ian höflich die Aufmerksamkeiten der reizenden Miss Smith ab.

»Ich danke Ihnen für Ihr freundliches Angebot, meine Liebe, aber wir müssen ein andermal ausführlich darüber reden. Ich muss jetzt die Polizei rufen, und dann werden Mr. Davis und ich nach Hause zurückkehren, wo bereits der nächste Fall auf uns wartet.«

Und wieder musste ich ein Grinsen unterdrücken. Dieser »nächste Fall« war wohl nur ein Vorwand, um Miss Smiths Dankbarkeit zu entgehen. Ich vermutete, dass uns zu Hause nur ein Abend mit Zigarren und Brandy erwartete.

Wie sich herausstellte, hatte ich nur zur Hälfte Recht.

Nachdem wir Hawley der örtlichen Polizeiwache übergeben hatten, fuhren Sir Ian und ich mit der Kutsche zurück zur Plymouth 21. Dort trafen wir einen unerwarteten Besucher an.

Mr. Brian Lobell, Herausgeber des *London Budget* und häufiger Gast an Sir Ians Tisch, war von Pendrake eingelassen worden und saß mit im Schoß gefalteten Händen im Büro.

»Sir Ian«, grüßte er und erhob sich. »Ich hoffe, Sie werden mein spätes Eindringen entschuldigen.«

»Ich vertraue darauf, dass die Angelegenheit dringend ist.« Sir Ian trat hinter seinen schweren Schreibtisch und setzte sich. »Davis und ich haben gerade einen gerissenen Schurken zur Strecke gebracht, und ich hatte gehofft, den Rest des Abends mit einer Zigarre und einem guten Buch verbringen zu können.«

Lobell nickte. »Sie ist dringend, Sir Ian.«

»Dann nehmen Sie Platz und erzählen Sie mir, was Sie beunruhigt.«

»Es geht weniger um das »Was« als um das »Wer«. Einer meiner besten Reporter ist verschwunden und ...«

»Ich habe mich schon gewundert, was aus Mr. Stackpole geworden ist«, unterbrach ihn Sir Ian. »Aber fahren Sie fort.«

Lobell ließ den Unterkiefer hängen. »Es ist Stackpole. Aber ... woher wissen Sie das?«

»Sein Name ist in den letzten zwei Wochen nicht mehr in der Zeitung erschienen. Und ich habe ihn nicht mehr auf den Tennisplätzen im Windsor Club gesehen, den wir beide oft aufsuchen. Es war leicht zu erraten.«

Lobell nickte. »Wenn Sie es so darstellen, dann ist es klar.«

Klar. Ich lächelte. Im Nachhinein schienen die von Sir Ian gezogenen Schlüsse immer einleuchtend. Der Trick war, den Sprung in der Logik zu vollziehen, ohne Hinweise zu haben.

Sir Ian legte die Stirn in Falten. »Brauchen Sie Hilfe bei der Suche nach Ihrem Mitarbeiter, Sir? Wenn ja, wäre die Polizei oder ein Privatdetektiv mit Sicherheit der bessere Kandidat.«

Lobell seufzte. »Ich bringe alles durcheinander, nicht wahr? Am besten, ich fange von vorne an.«

»Da brauchen Sie zuerst etwas, um einen klaren Kopf zu bekommen.« Sir Ian ließ die Glocke auf seinem Schreibtisch ertönen, und Pendrake erschien in der Tür. »Den '98-er Clavendell, Mr. Pendrake. Für mich und Mr. Lobell.«

»Bringen Sie drei«, sagte ich, was mir einen hochmütigen Blick von Pendrake einbrachte, der mich auch nach zehn Jahren noch als Eindringling in diesem Hause betrachtete. Er verbeugte sich in Sir Ians Richtung und verschwand. Kurz darauf kam er mit einem Tablett mit drei Cognacschwenkern und dem Clavendell zurück. Er schenkte uns ein. Mein Glas war etwas weniger gefüllt, was ihm wiederum einen bösen Blick meinerseits eintrug, als er das Zimmer verließ.

»Ah«, machte Lobell, der einen Schluck genommen hatte und ihn auf der Zunge wirken ließ. »Genau das, was ich brauchte. Vielen Dank, Sir Ian.«

Sir Ian nickte. »Keine Ursache. Es gibt wenig Dinge im Leben, die durch einen Cognac nicht leichter werden. Und nun, Mr. Lobell, müssen Sie mir Stackpoles Geschichte erzählen – von Anfang an.«

»Na schön«, meinte Lobell. Er lehnte sich auf seinem Stuhl zurück, stellte das Glas neben sich auf den Tisch und begann.

»Stackpole ist mein bester Korrespondent. Er weiß das genauso gut wie ich. Deswegen lasse ich ihm unvergleichlichen Spielraum. Wirklich unvergleichlich.« Lobell schüttelte den Kopf, als könnte er nicht glauben, welche Freiheiten er diesem Menschen gewährt hatte. »Nun, er hatte die Idee, zum dreihundertsten Geburtstag der Hexenprozesse nach Lancaster zu fahren. Dies sollte ihm als Grundlage für eine Serie über Hexerei dienen. Bloody Sam und so weiter.«

»Wer?«, fragte ich.

Lobell grinste. »›Schwarzes Herz, für immer verdammt. Nimm dich in Acht vor Bloody Sam.‹«

»In den westlichen Countys gehört er zum Aberglauben.« Sir Ian schnitt das Ende einer Coronado ab, schob sie sich in den Mund und fing an zu paffen. Anders als seinen Brandy teilte er seine kubanischen Zigarren nicht mit seinen Gästen – nicht einmal mit mir. »Ich würde diese Artikel gerne lesen.«

»Das würden wir alle«, erwiderte Lobell entrüstet. »Aber jetzt … fürchte ich, ist er völlig übergeschnappt!« Lobell zog ein Telegramm aus seiner Hemdtasche. »Sehen Sie sich das an!«

Als Sir Ian das Telegramm las, bekam sein verärgertes Gesicht einen Ausdruck, den ich selten an ihm gesehen hatte – Überraschung an der Grenze zum Entsetzen.

»Gütiger Gott«, sagte er und ließ das Telegramm zwischen den Fingern baumeln.

Ich riss es ihm aus der Hand und las:

7. August 1912

LOBELL:
ENTSCHULDIGUNG FÜR MEIN SCHWEIGEN STOP. ARTIKEL ÜBER BLOODY-SAM-HEXEN AUF UMWEGEN STOP. AM ABEND NACH AMERIKA AUSGELAUFEN STOP.
KOMME MIT GESCHICHTE ZURÜCK, DIE *TIMES* UND *STANDARD* ERLEDIGT STOP. BEZUG AUF GRIMOIRE GENANNT BUCH DES SCHATTENS STOP
WERDE SCHREIBEN STOP.
STACKPOLE

»Der Mann hat Nerven«, meinte Lobell. »Zwei Wochen lang überhaupt nichts von ihm, und dann das! Und das Telegramm ist zwei Tage alt – er ist schon abgefahren! Hat ein Schiff von Liverpool nach Baltimore genommen.«

»Was ist das für ein Buch des Schattens, auf das sich Stackpole bezieht?«, fragte ich.

»Nun, deswegen bin ich ja hier!«, brach es aus Lobell heraus. »Ich habe keine Ahnung! Sir Ian?«

Wir wandten uns beide meinem Arbeitgeber zu, der stocksteif an seinem Schreibtisch saß und keinen Muskel bewegt hatte, seit ich ihm das Telegramm aus den Händen gerissen hatte.

»Ich hatte es für eine Erfindung gehalten«, flüsterte er. »Wie den unzensierten Clavicula Salmonicus oder den verrückten Araber Nekronomikon. Aber wenn es wirklich existiert …«

»Sir Ian? Geht es Ihnen nicht gut?«, fragte ich.

Er schüttelte den Kopf, als wollte er etwas daraus vertreiben. »Verzeihen Sie, Gentlemen. Ich bin nur bei der Erwähnung dieses Buchs erschrocken … und das in einem Telegramm.«

»Dann wissen Sie, um was es geht?« Lobell lehnte sich vor.

»Ja.« Mein Arbeitgeber erhob sich und trat an das deckenhohe Bücherregal, das eine eindrucksvolle Sammlung seltener Bücher, Manuskripte und privat gedruckter Bände enthielt, für die Sir Ian die ganze Welt bereist hatte.

Er zog ein Buch heraus, das nicht dicker als eine Broschüre war, und begann darin zu blättern. »Das ist Chatteliers Abhandlung über weiße Magie, und hier … genau, da ist es.« Mit dem Finger fuhr er am Rand des Textes entlang. »›Rituale des Hexensabbats‹ – hier werden die von diesen Hexen durchgeführten Zeremonien beschrieben.« Er räusperte sich. »›Die Priesterin liest aus einem Buch der alten Schriften, genannt das Buch des Schattens.‹«

»Das hört sich an wie ihr Gebetbuch«, meinte ich.

»Ja, es ist eine Art Gebetbuch.« Sir Ian schloss den Band und stellte ihn ins Regal zurück. »Obwohl es nicht nur Rituale enthält, sondern auch Glaubenssätze, Beschwörungen, Zaubersprüche und alle Arten von Überlieferungen zur Heilung. Jeder Hexensabbat hat sein eigenes Buch des Schattens.«

»Und das verwenden sie jeden Tag?« Lobell runzelte die Stirn. »Wie soll man daraus eine Geschichte machen?«

Sir Ian schüttelte den Kopf. »Sie verstehen nicht, Sir. Heute wird jedes Buch, das auf einem Hexensabbat verwendet wird, ›Buch des Schattens‹ genannt, aber ursprünglich stammt es aus einer einzigen mythischen Quelle. Ein Buch, das dem größten Magier gehörte, den die Welt je gesehen hat.« Er blickte mich an. »Merlin, dem Zauberer.«

Ich hob eine Augenbraue. »Merlin … der von König Arthur? Der aus den ›Rittern der Tafelrunde‹?«

»Genau. Das Buch des Schattens war Merlins Grimoire. Sein Zauberbuch. Der mächtigste Text in der Geschichte des Okkulten. Es verschwand vor mehr als tausend Jahren.«

»Und jetzt glaubt Stackpole, er hätte es gefunden.«

Sir Ian drehte sich plötzlich zu Lobell um. »Sie müssen ihn bitten, dass er mir per Telegramm Einzelheiten mitteilt.«

Lobell nickte. »Natürlich. Aber …« Seine Augen funkelten. »Jetzt, da ich Sie über das Buch des Schattens reden höre, kommt mir etwas in den Sinn. Vielleicht ist die Geschichte größer, als ich eigentlich dachte.«

»Das ist sie mit großer Wahrscheinlichkeit.« Sir Ian setzte sich wieder auf seinen Stuhl und nahm die Zigarre aus dem blau-goldenen Aschenbecher (ein Geschenk des Großvisiers von Bashirrad). »Es könnte etwas sein wie die Entdeckung von Exkalibur. Stackpole hat völlig Recht, wenn er sagt, dass Sie mit dieser Artikelserie Ihre Konkurrenten ausstechen.«

»Nun, dann habe ich einen Vorschlag für Sie.« Lobell lächelte. »Wie wäre es, wenn Sie ihm nach Amerika folgen würden?«

Sir Ian sog den Rauch seiner Zigarre

tief ein und ermunterte Mr. Lobell mit einem Nicken fortzufahren. »Was führen Sie im Schilde?«

»Stackpole ist ein guter Reporter, aber mit diesem Artikel überschreitet er seine Grenzen. Politik, Auslandsangelegenheiten – das sind seine Themen. Ich bin nicht sicher, was die Leser mit einem Artikel über das Übernatürliche aus seiner Feder anfangen werden.«

»Und meine Aufgabe?«

»Ihn zu suchen. Mit ihm zu reden. Zu begutachten, was er herausgefunden hat – Sie sind der Experte auf diesem Gebiet. Sicherzugehen, dass er nichts schreibt, was den *London Budget* wie einen Haufen Idioten aussehen lässt. Vielleicht können Sie selbst parallel etwas schreiben.«

»Mmmm.« Sir Ian lehnte sich zurück und blickte nach oben. An der Decke des Büros befand sich der Sternkreis mit all seinen dazugehörigen mythologischen Gestalten. Schweigend an seiner Zigarre ziehend, betrachtete Sir Ian diesen Sternkreis einen Augenblick. Eine Rauchwolke zog an der Decke entlang und kam vor dem Zeichen der Zwillinge zur Ruhe.

Pendrake trat ein und schenkte zuerst Sir Ian und dann Lobell nach. Er bemühte sich redlich, meinem Blick auszuweichen.

»Nun, Sir?«, fragte Lobell. »Sind Sie interessiert?«

Sir Ian stieß den Rauch aus. »Mr. Davis wird mich begleiten müssen.«

»Natürlich.« Lobell lächelte. »Ich werde die Papiere vorbereiten, damit Sie aufbrechen können.«

»Dann sind wir uns also einig«, meinte Sir Ian.

»Bis auf die groben Einzelheiten«, fügte ich hinzu. »Das Geld und so weiter.«

»Geld?« Lobell nannte eine Zahl, die ich lächelnd verdoppelte.

Er runzelte die Stirn, wir verhandelten und trafen uns schließlich in der Mitte.

»Ich werde jetzt gehen, damit die Herren packen können.« Lobell leerte sein Glas und erhob sich. »Sie werden mir doch telegrafieren, welche Fortschritte Sie machen?«

»Natürlich«, erwiderte ich. »Haben Sie eine Ahnung, wo wir die Suche nach Mr. Stackpole beginnen könnten? Amerika ist ziemlich groß.«

»Ach, das habe ich fast vergessen. Hier habe ich noch ein Telegramm.« Lobell kramte in seinen Taschen. »Ein Bestätigungstelegramm von dem Gasthaus, wo er in Amerika wohnt. Hier.« Er zog ein Blatt Papier heraus und reichte es Sir Ian. »Ich werde für Sie dort zwei Zimmer reservieren lassen.«

»Das wäre nett«, erwiderte Sir Ian. »Wir werden mit dem nächsten Schiff abreisen.«

Hände wurden geschüttelt. Schließlich erschien Pendrake wieder und geleitete Lobell zur Tür.

»Ich bin ein wenig überrascht«, meinte ich zu Sir Ian, als wir allein waren. »Schließlich weiß ich, was Sie von Amerika halten.«

Sir Ian klingelte nach Pendrake. »Das spielt angesichts der Möglichkeit, dieses Buch zu finden, keine Rolle. Die Chance, dass es existiert, ist natürlich gering, aber … Ah, Mr. Pendrake. Davis und ich werden morgen das erste Schiff nach Amerika nehmen. Würden Sie bitte meinen Koffer für eine größere Reise packen, obwohl ich nur zwei Anzüge brauchen werde. Den blauen, denke ich, und den aus grauer Wolle. Es wird Herbst sein, nicht wahr, Davis?«

»Ja«, bestätigte ich. »Aber in Baltimore ist es, soweit ich mich erinnere, bis weit in den Herbst hinein heiß und feucht. Sie lassen den wollenen Anzug wohl besser zu Hause.«

Sir Ian schüttelte den Kopf.

»Wir fahren nicht nach Baltimore,

Davis, sondern in einen entlegenen Teil von Maryland.« Er blickte auf das Blatt, das Lobell ihm gegeben hatte. »Eine Stadt namens Burkittsville.«

Ein heftiger Sturm mitten auf dem Atlantik hielt uns auf, so dass wir erst Mitte September in Maryland eintrafen. Einen Tag später setzten wir unsere Koffer im Gasthaus in Burkittsville ab.

»Kann ich Ihnen helfen, meine Herren?«, fragte der Portier.

»Ich denke schon«, erwiderte ich. »Ich glaube, Sie haben für uns zwei Zimmer reserviert. John Davis, Sir Ian Connors.«

»Alles klar«, bestätigte der Portier und drehte das Anmeldebuch in unsere Richtung. »Bitte hier unterschreiben, dann bekommen Sie Ihre Schlüssel.«

Ich bedankte mich.

»Sir, was?«, fragte der Angestellte mit Blick auf Sir Ian, als er uns die Schlüssel gab. »Dann sind Sie also Engländer?«

»Genau«, sagte Sir Ian.

»Hier wohnt noch ein Engländer. Heißt Stackpole.«

»Hugh Stackpole«, erwiderte ich. »Wir kennen ihn.«

»Komischer Kauz«, meinte der Portier.

»Ist er da?«, fragte Sir Ian.

»Ja, er ist gerade hier«, antwortete der Mann. »Aber ich weiß nicht, ob er Besucher empfangen kann.«

»Warum?«, fragte ich. »Was ist denn mit ihm?«

Der Portier schüttelte den Kopf. »Kann ich Ihnen nicht sagen.«

In dem Moment wurde die Tür hinter uns geöffnet, und ein Hauch von Flieder wehte uns entgegen. Ein Damenparfüm in der Art, wie es auch Victoria Summers bevorzugt hatte, Sir Ians unglückliche Verlobte.

Und gleich nach dem Parfüm trat Victoria Summers höchstpersönlich ein.

»Entschuldigen Sie, Gentlemen«, sagte sie und ging an mir und Sir Ian vorbei. Wie zwei Schuljungen starrten wir sie mit aufgerissenem Mund an. »Hallo, Albert. Haben Sie Post für Mr. Stackpole?«

»Nichts, Ma'am. Aber diese Herren suchen ihn.«

»Tatsächlich?«, fragte sie und drehte sich um. »Wer sind Sie?«

Ich sagte mir, dass sie es nicht sein konnte, dass sie wie tot auf der anderen Seite des Meeres lag.

Sir Ian fand als Erster seine Stimme wieder.

»Sir Ian Connors«, sagte er. »Dies hier ist Mr. John Davis. Wir sind Freunde von ihm aus London. Und wer sind Sie?«

»Miss Claire Cooper. Ich wohne am Ende der Straße, in Jericho Mills.«

»Bemerkenswert«, sagte Sir Ian und nahm ihre Hand.

Sie blickte ihn neugierig an. »Ich verstehe nicht.«

»Bemerkenswert. Sie haben eine geradezu unheimliche Ähnlichkeit mit jemandem, den ich mal kannte.«

»Eine Freundin von Ihnen, hoffe ich?«

»O ja«, antwortete Sir Ian lächelnd.

Sie lächelte zurück.

Natürlich war sie nicht Victoria – zumindest ihre Stimme war völlig anders. Und was ihre Haltung betraf: Victoria war in den besten Schulen auf dem Kontinent erzogen worden, Miss Cooper war durch und durch Amerikanerin. Dennoch waren ihre Augen, ihre Stupsnase und vor allem ihr Haar – eine dicke, rote Lawine aus Locken – praktisch eine Kopie von Victoria. Sie hätten Zwillinge sein können.

»Ich hoffe, Sie sind auch Mr. Stackpoles Freunde«, meinte Miss Cooper. »Denn im Moment könnte er wirklich welche brauchen.«

»Warum? Ist etwas mit Mr. Stackpole?«, fragte ich.

»Dr. Madison hat ihn wegen seines Erschöpfungszustands behandelt, und wegen der Verletzungen, die er sich vor einigen Tagen zugezogen hat«, erklärte Miss Cooper.

»Ich hoffe, es ist nichts Ernstes.«

»Nein, nein. Er hat nachts im Wald in der Nähe campiert und ist von etwas angegriffen worden.« Sie blickte zu dem Portier hinüber und sprach mit gedämpfter Stimme weiter. »Er hat auch unter Halluzinationen gelitten.«

»Halluzinationen?«, fragte Sir Ian nach. »Welcher Art?«

Miss Cooper beugte sich weiter vor. »Er behauptet, unsere hiesige Spukgestalt gesehen zu haben«, flüsterte sie mit Blick auf Sir Ian. »Die Hexe von Blair.«

Wir ließen den Portier unsere Koffer in die Zimmer hinauftragen, während Sir Ian Miss Cooper überredete, uns in der Gaststätte bei einem frühen Abendessen Gesellschaft zu leisten.

»Vor drei Tagen bin ich in die Stadt gefahren, um Besorgungen zu machen«, erzählte sie. »Mr. Stackpole lag halb bewusstlos auf der Straße und blutete aus einer Wunde am Hinterkopf.«

»Die ihm von der Hexe zugefügt worden war?« Sir Ian nahm Messer und Gabel in die Hand und machte sich über das gebratene Huhn her, das wir, nachdem Miss Cooper darauf bestanden hatte, für alle drei bestellt hatten.

»Das kann er nicht mit Sicherheit sagen. Der Schlag kam von hinten.«

»Aber er hat die Hexe gesehen?«

»Das behauptet er jedenfalls.« Miss Cooper unterdrückte ein Lächeln, als Sir Ian mit seinem Essen kämpfte.

»Stimmt etwas nicht?«, fragte er, als er unsere amüsierten Blicke bemerkte.

»Es ist einfacher, wenn Sie die Hände nehmen«, meinte ich, nahm eine Hühnerkeule in die Hand und biss kräftig hinein. »Sehen Sie?«

»Ist das erlaubt?« Sir Ian blickte zu Miss Cooper hinüber, die ihm ermutigend zunickte. Schließlich legte er sein Besteck nieder, nahm einen Flügel und biss hinein.

»Köstlich«, sagte er. »Bitte, Miss Cooper, fahren Sie mit Ihrer Geschichte fort.«

»Da gibt es nicht viel mehr zu erzählen. Mr. Stackpole liegt seit dem Unfall im Bett und erholt sich.«

»Ich würde gerne mehr über die Hexe von Blair erfahren«, warf ich ein.

Sie nickte. »Das ist eine lokale Legende, die über ein Jahrhundert zurückreicht, als ein Ort namens Blair an der Stelle des heutigen Burkittsville gestanden hat.«

»Gestanden hat? Was ist mit dem Ort passiert?«

»Er wurde Ende des 18. Jahrhunderts aufgegeben, nachdem alle Kinder der Stadt auf mysteriöse Weise verschwanden. Gestohlen von Elly Kedward, der Hexe. Laut Legende erscheint die Hexe alle sechzig Jahre, um sich an den Kindern der Stadt zu rächen.« Sie legte ihr Hühnchen auf den Teller und wischte sich die Hände ab. »Die letzten Zwischenfälle ereigneten sich vor etwa fünfundzwanzig Jahren.«

Der Kellner füllte unsere Gläser nach.

»Danke, Ben«, sagte sie. »Das Hühnchen ist köstlich. Mein Kompliment an Anne.«

»Sie wird sich freuen, das zu hören, Miss.«

»Auch meine Komplimente«, sagte Sir Ian zu dem Kellner. Doch sein Blick blieb auf Miss Coopers (zugegebenermaßen reizendes) Gesicht geheftet.

»Sie sprachen ... von den letzten Zwischenfällen mit der Hexe?«, wollte ich wissen.

»Ja, ich glaube, es war 1887. Ein kleines Mädchen verschwand, und ein Trupp aus fünf Männern machte sich auf die Suche. Das Mädchen wurde fünf Tage später gefunden, aber die Männer ...« Sie schüttelte den Kopf. »Sie wurden einige Tage später gefunden. Ihre Leichen waren in der Form eines Pentagramms angeordnet.«

Sir Ian, der gerade einen Schluck Wein trank, verschluckte sich und musste husten. Der Anfall dauerte fast 15 Sekunden.

»Entschuldigen Sie«, sagte er schließlich.

»Geht es wieder?«, fragte ich.

»Ja, ich war nur überrascht.« Er fuhr sich mit der Serviette über den Mund. »Angeordnet in der Form eines Pentagramms, sagten Sie?«

»Ja, genau.«

»Gütiger Gott«, sagte Sir Ian. »Genau wie bei Bloody Sam.«

»Bloody was?«, fragte Miss Cooper.

»Bloody Sam. Eine Sagengestalt aus England. Bloody, weil er seine Seele dem Teufel für das Leben von fünf unschuldigen Männern verkaufte. Er schlachtete sie ab und ordnete sie als Pentagramm an.«

Ich pfiff vor Verblüffung. »So ein Zufall.«

»Hat das etwas mit Mr. Stackpoles Artikel zu tun?«, fragte Miss Cooper.

»Höchstwahrscheinlich«, antwortete Sir Ian.

»Sind Sie auch Reporter?«, fragte sie zurück.

Sir Ian und ich tauschten Blicke aus. Wir hatten noch nicht entschieden, wer wir in Burkittsville sein wollten, ob unsere wahre Identität hilfreich oder hinderlich sein würde.

»Wir sind gewissermaßen freiberuflich tätig«, erklärte ich in dem Versuch, vom Thema abzulenken. »Wir helfen Mr. Stackpole bei seiner Geschichte.«

»Über das Buch des Schattens«, sagte Miss Cooper.

Sir Ian nickte. »Ja, das stimmt.«

»Dann werden Sie es sicher wissen wollen.« Sie legte ihr Besteck auf den Teller. »Er hat es gefunden.«

»Er hat was?« Nie hatte ich Sir Ian an einem Abend zwei Mal so überrascht gesehen. Hätte er gerade wieder getrunken, hätte er sich bestimmt wieder verschluckt und einen zweiten Hustenanfall erlitten.

Der Kellner erschien wieder am Tisch.

»Miss Cooper, Gentlemen. Zum Nachtisch hätten wir heute Abend einen herrlichen Kürbiskuchen.«

Sir Ian hob die Hand. »Einen Augenblick, Sir. Miss Cooper, Sie sagten, er habe das Buch gefunden?«

»Ja, das hat er mir gesagt.« Sie lächelte uns an. »Sie müssen den Kuchen wirklich probieren, Sir Ian. Sie wissen nicht, was Sie verpassen.«

»Ich werde den Kuchen später essen.« Er schob seinen Stuhl zurück und erhob sich. »Bitte bringen Sie mich zu Mr. Stackpole. Sofort.«

Stackpoles Zimmer hätte nicht weiter von unseren entfernt sein können – im zweiten Stock am Ende eines Ganges.

»Vielleicht schläft er noch«, sagte Miss Cooper, als wir uns dem Zimmer Nummer fünf näherten. Sie klopfte leise. »Mr. Stackpole?«

Sie wartete einen Augenblick, dann drehte sie sich zu uns um. »Wir müssen später wiederkommen.«

Sir Ian schüttelte den Kopf. »Nein, ich muss das Buch sehen.«

»Ich weiß nicht, wo es ist.«

»Ich werde es finden.«

»Sie sind sehr hartnäckig, Mr. Connors.« Miss Cooper schenkte ihm ein leises Lächeln. »Na gut. Aber wir müssen leise sein. Der Doktor meint, Mr. Stackpole müsse seine Kräfte schonen. Er möchte nicht, dass die Halluzinationen wiederkommen.«

»Natürlich«, entgegnete Sir Ian. »Ich verstehe.«

Langsam drehte er am Türknauf. Quietschend öffnete sich die Tür.

Das Zimmer lag im Dunkeln. Miss Cooper eilte zur gegenüberliegenden Wand und drehte die Gaslampe auf. Ein warmes Licht breitete sich im Raum aus.

Das Essen im Gasthaus war einfach, aber gut gewesen. Das Zimmer fiel in dieselbe Kategorie: ein kleiner Frisiertisch aus Kirschholz, ein Nachttisch und in der Mitte ein stabiles Bett mit vier Pfosten, in dem ein großer, schlanker Mann schlief.

»Mr. Stackpole, nehme ich an?«, flüsterte ich Sir Ian zu, der bestätigend nickte.

»Er hat abgenommen.«

»Der arme Mann«, sagte Miss Cooper und blickte ihn liebevoll an.

Als hätte er geahnt, dass wir über ihn sprachen, öffnete der arme Mann plötzlich die Augen und setzte sich ruckartig auf.

»Wer …«

»Ganz ruhig, Mr. Stackpole.« Miss Cooper legte eine Hand auf seine Schulter und drückte ihn wieder aufs Bett hinunter. »Sie haben Besuch von Freunden.«

Stackpole schluckte und nickte. Dann blickte er sich im Zimmer um.

»Sir Ian«, flüsterte er. »Sind Sie das?«

»Stackpole.« Sir Ian legte seine Hand auf die von Stackpole. »Lobell hat mich geschickt – er macht sich Sorgen um Sie.«

»Wahrscheinlich eher um seine Story«, entgegnete Stackpole. Schließlich erblickte er mich über Sir Ians Schulter hinweg. »Und Sie müssen John Davis sein.«

»Der bin ich«, sagte ich. »Wie geht es Ihnen, Mr. Stackpole?«

»Besser als vor fünf Tagen, würde ich sagen.« Er hob den Kopf und fasste sich an den Hinterkopf. »Au.«

»Was ist passiert?«, fragte ich. »Wer hat Sie niedergeschlagen?«

»Ich …« Er schüttelte mit dem Kopf. »Es tut mir Leid, aber ich erinnere mich nicht genau, es ging alles so schnell.«

»Es war ein wirklich harter Schlag«, sagte Miss Cooper zu uns gewandt. »Der Arzt glaubt, er könnte seine Erinnerung an den Unfall beeinträchtigt haben.«

»Das glaube ich auch.« Stackpole verzog wieder das Gesicht und rieb sich die Schläfen. »Aber ich glaube, es war die Hexe. Das habe ich doch bereits gesagt, oder nicht, Miss Cooper?«

»Das haben Sie.« Sie sah beunruhigt aus. »Gentlemen, wir müssen Mr. Stackpole wirklich seine Ruhe gönnen.«

»Das Buch des Schattens«, fing Sir Ian an, ohne auf ihre Worte zu achten. »Miss Cooper sagt, Sie hätten es gefunden.«

Stackpole nickte. »Ja, das habe ich.«

Sir Ians Augen blitzten vor Erregung. »Ist es hier … in Ihrem Zimmer?«

»Nein, tut mir Leid. Genau danach hatte ich im Wald gesucht. Als ich angegriffen wurde.«

»Aber Sie wissen, wo es ist?«

»Ich glaube, ja.«

»Unglaublich.« Sir Ian schüttelte lächelnd den Kopf. »Sie befinden sich an der Schwelle einer unbeschreiblichen Entdeckung. Erzählen Sie rasch« – er warf einen Blick zu Miss Cooper hinüber, als wollte er sagen, er verstünde ihren Wunsch, Stackpole seine Ruhe zu gönnen – »wie Sie das Buch hier aufgespürt haben.«

Stackpole nickte. »In einer Turmruine im Pendle Forest. Ich habe ein Fragment eines Blattes gefunden, herausgerissen aus einem Buch.«

»Ich würde das Fragment gerne sehen«, meinte Sir Ian.

»Das habe ich hier.« Stackpole zeigte auf eine schwarze Ledertasche neben dem Frisiertisch. »Da drin.«

Sir Ian war schon am anderen Ende des Zimmers und öffnete die Tasche.

»Der Shakespeare-Band. Das Fragment liegt zwischen den Seiten«, fuhr Stackpole fort.

Sir Ian zog den Band heraus, der von der Größe her eher einer Zeitung glich als einem Buch, legte ihn auf den Frisiertisch und blätterte die Seiten durch. Ich stand hinter ihm und spähte ihm über die Schulter.

»Da ist es«, sagte er leise.

Ein gelbliches Blatt Papier, nicht größer als ein Briefbogen, war sorgfältig zwischen zwei Seiten geschoben worden. An einer der langen Seiten war es abgerissen, und es war von oben bis unten mit verblichenen schwarzen Buchstaben bedeckt.

»Das ist kein Englisch«, stellte ich fest.

»Nein.« Sir Ian beugte sich vor und betrachtete die Seite genau. »Alt-Walisisch, glaube ich. Ich würde es auf das neunte Jahrhundert datieren; vielleicht früher.« Schweigend bewegte er einen Augenblick seine Lippen, bis er vorlas: »Llyf O Cisgodion.« Er sprach es eher wie »Efier o Sisgodeon« aus. Aufgeregt drehte er sich zu mir um. »Das Buch des Schattens.«

Gänsehaut überzog meine Arme.

»Sie müssen mir mehr erzählen.« Sir Ian trat wieder an Stackpoles Bett. »Wo Sie das gefunden haben, wer es Ihnen gegeben hat, woher Sie wussten, was es ist.«

»Natürlich.« Stackpole wandte sich an Miss Cooper. »Wenn ich Sie um ein Glas kaltes Wasser bitten dürfte, und ein Tuch für meinen Kopf ...«

»Ich werde es Ihnen besorgen«, antwortete Miss Cooper. »Aber dann müssen wir gehen. Sir Ian, Davis?«

»Madame«, entgegnete Sir Ian. »Sie verstehen nicht. Was wir hier haben ...«

»Was wir hier haben, wird morgen früh auch noch da sein«, sagte Miss Cooper bestimmt. »Mr. Stackpole, erinnern Sie sich noch, dass Dr. Madison Ihnen gesagt hat, Sie müssten sich ausruhen?«

»Ich bin doch keine alte Frau, Miss Cooper.«

»Nein, natürlich nicht. Aber Sie möchten so lange leben, bis Sie ein alter Mann sind, oder nicht?«

Er seufzte. »Vielleicht wäre es besser, wenn ich mich ausruhe. Sir Ian, können Sie bis morgen warten?«

»Wenn es sein muss«, antwortete er. »Darf ich das Blatt mit in mein Zimmer nehmen, um es näher zu untersuchen?«

»Natürlich«, meinte Stackpole.

Sorgfältig schloss Sir Ian den Shakespeare-Band und klemmte ihn unter den Arm. »Wir werden morgen miteinander reden, wenn ich das hier entziffert habe.«

Miss Cooper brachte Mr. Stackpole das Wasser und ein kühlendes Tuch. Wir wünschten ihm eine gute Nacht und verließen das Zimmer.

»Vielen Dank, Gentlemen. Wir möchten schließlich nicht, dass er wieder halluziniert.« Miss Cooper lächelte. »Und jetzt etwas Kuchen? Und dann, wenn Sie erlauben, zeige ich Ihnen unsere kleine Stadt.«

»Das hört sich gut an«, meinte ich.

»Sie können ruhig gehen, Davis«, sagte Sir Ian. »Ich möchte einen Blick auf dies hier werfen ...« Er hielt den Shakespeare-Band hoch. »Und zwar gleich.«

Ich bemerkte einen Funken von Enttäuschung auf Miss Coopers Gesicht, als Sir Ian auf dem Absatz kehrt machte und den Flur entlang eilte.

»Nehmen Sie es nicht persönlich«, sagte ich ihr. »Es gibt keine Frau auf Erden, die bei Sir Ian mit einem verstaubten alten Buch konkurrieren kann.«

Sie starrte mich an.

»Sie sind sehr voreilig mit Ihren Vermutungen, Davis. Was mir überhaupt nicht behagt.« Sie drehte sich um und ging die Treppe hinab. »Sie können mir gerne bei einem Stück Kuchen Gesellschaft leisten – oder es bleiben lassen.«

Mit einem unterdrückten Grinsen, das ihr mit Sicherheit genauso wenig behagen würde, wie es mein vorheriger Kommentar getan hatte, folgte ich ihr.

Der Kuchen war gut, und Miss Cooper zeigte sich als charmante Führerin für die Sehenswürdigkeiten der Stadt, unter anderem ein Haus, in dem Abraham Lincoln (mein persönlicher Held) einen Abend verbracht hatte. Doch die Tour war kürzer als erwartet (ich vermutete, dass Sir Ians Abwesenheit damit zu tun hatte), so dass ich bereits um acht Uhr zum Gasthaus zurückkehrte.

Ich bemerkte noch Licht unter der Tür von Sir Ians Zimmer, das gegenüber dem meinen lag. Er würde ohne Zweifel bis spät in der Nacht aufbleiben und das Fragment untersuchen, das ihm Stackpole gegeben hatte. Ich erwog, zu fragen, wie weit er gekommen war, entschied mich jedoch, bis zum Morgen zu warten. Frühstück würde es um sieben geben, wie uns der Portier gesagt hatte. Dann würden wir uns unterhalten. Eine Weile las ich noch im Bett (»Der Hund von Baskerville« von Conan Doyle) und schlief etwa um halb zehn ein.

Um Mitternacht erwachte ich plötzlich, als ein markerschütternder Schrei an mein Ohr drang. Einen Moment lang glaubte ich, ich hätte es geträumt: das Heulen des gespenstischen Hundes, der Hugh Baskerville hinterherjagt wie in der Geschichte, die ich gerade beendet hatte.

Doch dann hörte ich das Heulen wieder. Mir wurde klar, dass es der Schrei eines Menschen und nicht eines Tieres war. Eigentlich klang es wie die Stimme von Mr. Stackpole.

Ich sprang aus dem Bett und schlüpfte gerade in meine Kleider, als hastig an meine Tür geklopft wurde. Als ich sie öffnete, stand Sir Ian mit einer Kerze auf dem Flur.

»Haben Sie das gehört?«, fragte er.

»Selbstverständlich. Stackpole?«

Er nickte. Wir eilten den Gang hinunter. Eine Tür wurde geöffnet, und ein Mann, den ich bisher noch nicht gesehen hatte, spähte heraus.

»Was soll der Lärm? Anständige Leute schlafen um diese Zeit.«

Wir achteten nicht auf ihn und rannten weiter den Flur entlang zu Stackpoles Zimmer.

Die Tür stand sperrangelweit offen. Er war nirgends zu sehen.

Sir Ian und ich blickten uns an.

»Was glauben Sie, wo er …«

Wieder hörten wir den Schrei, der jetzt von draußen kam. Wir nahmen zwei Stufen auf einmal, als wir zur der Tür des Gasthauses hinausstürzten.

Das Glück war auf unserer Seite – der Mond schien, und der Nachthimmel war klar, so dass wir sehen konnten, wohin wir liefen. Und wir sahen, wie eine große, schlanke Gestalt die Straße entlang um ihr Leben rannte und hinter einer Anhöhe verschwand.

Sir Ian blies die Kerze aus, warf sie auf den Boden, und wir jagten hinterher.

»Wovor rennt er bloß davon?«, fragte ich zwischen zwei Atemzügen.

Sir Ian, einen Schritt vor mir, drehte sich um.

»Vor seiner eigenen Fantasie, glaube ich.«

Ich nickte grimmig. Miss Cooper hatte Recht gehabt, sich um Stackpoles Gesundheit zu sorgen – offenbar halluzinierte er wieder.

Wir kamen über die Anhöhe und hiel-

ten einen Augenblick inne, um uns zu orientieren. Vor uns machte die Straße einen Bogen nach links und führte in den Wald.

Stackpole rannte nach rechts über ein Feld neben der Straße.

»Für einen Kranken hat er aber noch ziemlich gesunde Lungen«, meinte ich immer noch keuchend.

»Wir können ihm den Weg abschneiden. Da entlang«, rief Sir Ian und deutete auf einen kleinen Hügel. »Los.« Er nahm die Verfolgung wieder auf. Ich rannte mit einem Schritt Abstand hinterher. Wir schienen noch schneller zu sein als zuvor.

Stackpole war nur noch 20 Meter entfernt, als wir das Feld überquerten.

»Lasst mich in Ruhe!«, rief er nach hinten. »Sonst wird sie auch euch bekommen!«

Er rannte die Anhöhe hinauf, auf die Sir Ian zuvor gezeigt hatte. Als wir näher kamen, sah ich, dass der ganze Hügelkamm durch einen Holzzaun geschützt war, der jedoch nicht sehr stabil war. Stackpole nämlich rannte buchstäblich durch ihn hindurch.

Eine Sekunde später hörten wir ihn abermals schreien.

Als Sir Ian und ich den Zaun erreichten, bemerkten wir, dass Stackpole über einen eingerissenen Abschnitt gerannt war. Auch wir sprangen hinüber und waren im nächsten Augenblick oben auf dem Hügel angekommen. Ich war immer noch einen Schritt hinter Sir Ian, was mir möglicherweise das Leben rettete. Er hatte bessere Augen als ich.

»Davis!«, rief Sir Ian und streckte einen Arm aus, um mich aufzuhalten. Einen halben Meter vor uns endete der Hügel.

Dahinter lag nur noch der Horizont.

»Dieser Teil wurde abgesprengt.« Sir Ian zeigte hinunter, wo eine Reihe von Maschinen zu sehen waren. »Irgendeine Art von Bergbau.«

»Hilfe!«

Wir drehten uns um und entdeckten Stackpole.

Drei Meter von uns entfernt hing er mit einer Hand an der Klippe, mit der anderen wedelte er verzweifelt in der Luft.

»Halten Sie sich fest!«, rief ich.

Vorsichtig stiegen wir hinab, bis wir, Sir Ian voraus, bei ihm waren.

»Ganz ruhig«, sagte Sir Ian und griff nach Stackpoles Hand. »Ich habe Sie.«

Mit wildem Blick schüttelte Stackpole mit dem Kopf. »Sehen Sie sie?«

»Hier ist niemand außer uns«, versicherte ich ihm. Ich ging hinter Sir Ian vorbei auf die andere Seite. »Geben Sie mir die andere Hand«, sagte ich.

Er riss die Augen auf. Ich hörte ein Geräusch hinter uns und drehte mich um. Ich glaubte zu sehen, wie etwas über die Anhöhe schoss und in der Dunkelheit verschwand.

Stackpole schrie erneut auf. Er rutschte Sir Ian aus den Händen und stürzte hinab.

Wir brauchten eine halbe Stunde, um sicher an den Fuß des Abhangs zu gelangen.

Von seiner Leiche war keine Spur zu sehen.

Als die Sonne aufging, saßen wir im Speisesaal des Gasthauses, tranken Kaffee und versuchten den Vorfall der Polizei zu erklären – dem stämmigen Sheriff Carl Bracher, der einen Oberkörper hatte wie ein Fass, und seinem Deputy, einem älteren Mann, der einfach nur Prickett genannt wurde. Bracher war nicht glücklich darüber, dass er so früh auf den Beinen war, und wollte, dass jeder an seinem Elend teilhatte. Er weckte den Wirt und ließ ihn eine Kanne Kaffee kochen, er schickte Prickett mit einer Hundestaffel zur Mine, um nach Stackpoles Leiche zu suchen, und er ließ Sir Ian und mich fast eine Stunde lang immer dieselben Fragen beantworten.

»Ich möchte sichergehen, dass ich Sie richtig verstehe«, sagte Bracher. »Sie und Mr. Stackpole arbeiten für dieselbe Zeitung?«

Sir Ian seufzte. »Constable …«

»Sheriff.«

»Sheriff, darüber haben wir doch bereits gesprochen.«

»Wie ich schon sagte – ich möchte sichergehen, dass wir dieselbe Sprache sprechen.«

»Ich versichere Ihnen, dass bezüglich Mr. Stackpoles Tod alles genauso geschah, wie Mr. Davis und ich es Ihnen erzählt haben.«

»Wo ist dann die Leiche?«

»Ich weiß es nicht.«

»Was ist Ihrer Meinung nach mit ihr passiert?«

»Ich denke, bei Tageslicht wird man sie finden«, antwortete Sir Ian.

»Ich war vor einer Stunde mit den Hunden dort.« Das war Prickett. »In der Mine ist niemand.«

»Was ist also mit der Leiche passiert?«, fragte Bracher abermals und trank einen Schluck Kaffee. »Sie sehen, wo das Problem ist.«

Prickett stellte sich neben den Sheriff. »Hey, Carl. Hatte der Kerl nicht behauptet, er hätte die Hexe gesehen?«

»Ja, und?«

Prickett zuckte mit den Schultern und blickte zu Boden. »Na ja, ich dachte nur …«

»Um Himmels willen!« Der Sheriff schüttelte den Kopf. »Jetzt komm mir bloß nicht wieder damit.«

»Du lebst noch nicht so lange hier wie ich, Carl.« Auch Prickett schüttelte den Kopf. »In dem Wald dort gibt es viele seltsame Dinge.«

»Aber diese dämliche Hexe von Blair gibt es nicht!«, rief Bracher aus.

»Sheriff, könnten wir zu Bett gehen?«, fragte ich. »Es war eine lange Nacht.«

Er starrte uns an. »Von mir aus. Seien Sie aber gegen Nachmittag verfügbar. Vielleicht habe ich Ihnen beiden noch ein paar Fragen zu stellen.«

Langsam schleppten Sir Ian und ich uns nach oben.

»Ich habe vor, bis Mittag zu schlafen«, sagte ich, als wir vor unseren Zimmertüren standen. »Bitte achten Sie auf das Bitte-nicht-stören-Schild.«

»Ich möchte Ihnen erst noch etwas zeigen, Davis.« Sir Ian öffnete seine Tür und hielt sie mir auf. »Kommen Sie herein, wenn es Ihnen nichts ausmacht.«

Sir Ians Zimmer sah genauso aus wie meins und Stackpoles, mit dem einzigen Unterschied, dass Sir Ian seinen Koffer in die Mitte des Zimmers gestellt hatte und ihn als provisorischen Tisch benutzte. Das Fragment von Stackpole lag ausgebreitet darauf.

»Etwas an diesem Fragment verwirrt mich.«

»Ist es gefälscht?«

»Nein, soweit ich mit den mir zur Verfügung stehenden Mitteln erkennen kann, nicht. Verwirrend ist das hier.« Er deutete auf die zerrissene Kante des Dokuments.

»Was? Die abgerissene Stelle?«

»Genau.« Er winkte mich näher heran.

»Was fällt Ihnen an diesem Fragment auf?«

Ich betrachtete es sorgfältig. »Nichts.«

»Hier. Kommen Sie näher.« Er griff in seinen Koffer und reichte mir seine Lupe.

»Die abgerissene Kante«, sagte ich schließlich. »Im Vergleich zum Rest ist sie viel weißer.«

»Genau«, bestätigte Sir Ian. »Die Farben sind unterschiedlich.«

»Und was bedeutet das?«

»Bücher altern von außen nach innen. Säuren und Feuchtigkeit greifen zuerst die Kanten an.«

»Und?«

»Und wenn diese Seite hier schon vor langer Zeit ausgerissen wurde, wie es Mr. Stackpoles Schlussfolgerung war, würde man vermuten, dass alle Ränder gleichmäßig vergilbt sein müssten. Das ist hier aber nicht der Fall.«

»Also wurde diese Seite erst vor kurzem herausgerissen«, schloss ich.

»So scheint es.«

Ich runzelte die Stirn. »Ich verstehe nicht, wie das möglich ist.«

»Ich auch nicht.« Sir Ian schüttelte den Kopf. »Dessen ungeachtet scheint die Seite echt zu sein. Wodurch unsere nächste Aufgabe eindeutig geklärt ist.«

»Das Buch des Schattens zu finden. Und wir müssen Lobell telegrafieren und berichten, was passiert ist.«

»Selbstverständlich.« Einen Moment lang wurde Sir Ian nachdenklich. Schließlich drehte er sich zu mir. »Ich darf doch vertraulich mit Ihnen reden, Davis?«

»Klar.«

»Ich habe an Miss Summers gedacht. Wie lange ist sie bereits im Bethlehem Hospital?«

»Fast sieben Jahre, glaube ich.«

»Ja«, sagte er. »Sieben Jahre, die sie im Koma daliegt. Sieben Jahre, in denen sich die besten Ärzte der Welt um ihre Heilung, um die Wiederherstellung ihrer Gesundheit bemüht haben. Sie sind heute keinen Schritt weiter als damals, als wir sie dorthin brachten.«

Ich nickte. Ich hatte das Gefühl, dass er versuchte, das Gespräch über diesen Umweg auf Miss Cooper zu lenken.

Doch ich hatte Unrecht.

»Ich glaube nämlich, dass wir selbst kurz davor stehen, ein Heilmittel zu finden«, fuhr er fort.

Ich atmete tief durch. Ich kannte Sir Ian mittlerweile seit einem Jahrzehnt, und während dieser Zeit hatte ich nur einmal erlebt, dass er die Kontrolle über sich verloren hatte – als er Victoria Summers scheinbar tot in der Plymouth 21 im dritten Stock gefunden hatte. Seit damals hatte er der Welt jeden Tag dasselbe Gesicht gezeigt: gefasst, unerbittlich, unerschütterlich. Ein Gesicht wie eine Maske, hinter der die aufbrausenden Gefühle verborgen blieben.

Ich wusste nicht, ob es gut wäre, wenn er diese Maske abnehmen würde.

»Sir Ian …«

»Ich sollte mir nicht zu viele Hoffnungen machen«, sagte er schnell, als würde er meine Gedanken lesen. »Aber Merlins Grimoire! Es heißt, dieses Buch enthielte eine Zauberkraft, die die Welt seit Urzeiten nicht gesehen hat. Zaubersprüche, mit denen die Elemente verwandelt, dem Menschen Unsterblichkeit verliehen und Tote zum Leben erweckt werden. Warum nicht auch Körper und Geist vereinen?«

»Warum nicht?«, fragte ich zurück. »Abgesehen von der Kleinigkeit, dass wir das Buch noch finden müssen. Der Wald da draußen ist verdammt groß.«

»Natürlich«, bestätigte er. »Allerdings habe ich zum ersten Mal seit Jahren Hoffnung. An Hoffnung ist doch nichts verkehrt, oder?«

»Nein, Sir«, sagte ich. »Natürlich nicht.«

»Sehr gut.« Er nickte. »Jetzt gehen Sie schlafen. Ich werde am Morgen dafür sorgen, dass Lobell und Miss Cooper von den unglücklichen Ereignissen dieses Abends erfahren. Und dann …« Er schlug das Buch zu, in dem sich das Fragment befand. »Dann gehen wir in den Wald.«

Ich schlief fast bis Mittag. Als ich schließlich angezogen war und die Treppe hinabging, saßen Sir Ian und Miss Cooper bereits beim Mittagessen im

Speisesaal. Nachdem sich Miss Cooper von der Nachricht von Stackpoles Unfall erholt hatte, wollte sie uns auf unserer Expedition in den Wald begleiten. Sie hatte sogar eine Idee, wo wir die Suche beginnen sollten.

»Es gibt eine alte Hütte, die angeblich der Hexe gehört hat«, erzählte sie. »Ich bringe Sie dorthin.«

Eilig brachte ich das Essen hinter mich, dann gingen wir zu dritt einkaufen und versorgten uns auf Lobells Kosten in großem Stil mit allem Notwendigen. Als ich bezahlte, lächelte der Mann hinter dem Ladentisch Miss Cooper zu.

»Mir gefällt das, was Sie mit Ihren Haaren gemacht haben«, sagte er.

Miss Cooper wurde rot, als sei sie dabei ertappt worden, wie sie sich für eine Verabredung zurecht gemacht hatte, lächelte aber schließlich. »Danke, Bert.«

Wir mieteten eine Kutsche, die uns ein gutes Stück bis vor die Stadt brachte, wo der Weg begann, den Miss Cooper kannte.

Ich blickte zuerst auf meine Uhr – kurz nach drei –, dann hinauf zur Sonne. Uns blieben noch, so vermutete ich, drei Stunden Tageslicht.

Sir Ian und ich hatten Lebensmittel und Wasser in unseren Taschen sowie alles Weitere, um Feuer zu machen, sollten wir uns verlaufen und die Nacht im Wald verbringen müssen. Glücklicherweise (ich hatte früher in New Mexico oft genug unter freiem Himmel geschlafen, so dass mir die Erfahrung ein Leben lang reichte) stellte sich später heraus, dass diese Sachen nicht notwendig waren.

Kurz bevor es dunkel wurde, erreichten wir eine Lichtung. Vor uns stand, zwischen den Ästen eines riesigen Baumes fast unsichtbar, eine kleine Holzhütte.

»Das ist sie«, sagte Miss Cooper. »Elly Kedwards Hütte.«

Ich schüttelte den Kopf. Das Wort, mit dem ich das Gebäude vor uns bezeichnen würde, war »klapprig«: Es war schief und äußerst reparaturbedürftig.

»Hier sollen wir das Buch des Schattens finden?« Ich schüttelte den Kopf. »Das kann ich kaum glauben.«

»Es sind schon ungewöhnlichere Dinge passiert.« Sir Ian setzte seine Tasche am Rand der Lichtung ab. Schweigend betrachtete er einen Augenblick die Hütte und die Umgebung und lauschte auf die Geräusche des Waldes.

»Ich spüre etwas«, sagte er schließlich.

Ich erwartete, dass er seine Aussage näher erläutern würde, doch stattdessen beugte er sich hinab, zog ein paar Kerzen aus der Tasche und ging auf die Hütte zu. Am Eingang blieb er wie angewurzelt stehen.

»Hier steht etwas geschrieben.« Er zündete die Kerze an und hielt sie vor den Türrahmen. »Irgendwelche Hieroglyphen. Ich kann sie nicht lesen.«

»Lassen Sie mich mal sehen.« Miss Cooper klang seltsam ängstlich. Sie beugte sich über Sir Ians Schulter. »Das war vorher nicht da.«

»Vorher?«

»Ich war vor ein paar Jahren im Sommer einmal hier«, sagte sie schnell. »Wie hätte ich diesen Ort sonst wieder finden können?«

Ich nickte. »Natürlich«, antwortete ich stirnrunzelnd. Plötzlich hatte ich ein seltsames Gefühl, doch ich konnte nicht sagen, warum.

Sir Ian öffnete die Tür und trat ein.

Die Hütte war innen genauso heruntergekommen wie außen. Die Wände hatten Löcher, und das Dach und der Boden knarrten und stöhnten bei jedem Schritt.

An der gegenüberliegenden Seite befand sich ein zusammengestürzter Kamin. Daneben stand ein Tisch, auf dem ein Buch lag.

»Mein Gott«, sagte Sir Ian. Eilig ging er zum Tisch und hielt die Kerze hoch. »Das ist es, Mr. Davis.« Er setzte sich und blätterte in dem Buch. »Das Buch des Schattens.«

Ich wusste nicht, was ich sagen sollte.

In diesem Augenblick öffnete sich die Tür erneut.

Hugh Stackpole trat ein, in der Hand eine Pistole.

»Gentlemen.« Er lächelte. »Wie schön, Sie wiederzusehen.«

Und wieder war Sir Ian der Erste, der seine Stimme wiederfand. »Mr. Stackpole. Was hat das hier zu bedeuten?«

»Das hier?« Lächelnd hielt Stackpole die Waffe hoch. »Das ist für Sie und Davis. Ich meine, um Sie damit zu erschießen.«

Ich schüttelte den Kopf.

»Warum?«

»Warum?« Sein Lächeln verzog sich zu einer hässlichen Grimasse. »Erinnern Sie sich vielleicht an ein Mädchen namens Victoria Summers?«

Hinter mir sog Sir Ian scharf die Luft ein und trat einen Schritt vor. »Natürlich erinnere ich mich an sie«, sagte er. »Was für ein Verhältnis haben Sie zu Miss Summers, Sir?«

»Verhältnis?« Seine Augen waren wie glühende Kohlen, die im dämmrigen Licht funkelten. »Ich war ihr so nahe wie die Erbse der Schote. Ich habe ihren Kinderwagen geschoben, als sie ein Säugling war, habe ihr in der Schule geholfen. Ich habe sie zum Plantaganet Ball begleitet, als sie in die Gesellschaft eingeführt wurde. Ich war immer schon die Schulter, die sie suchte, wenn sie Kummer hatte. Mein Verhältnis zu Miss Summers, fragen Sie?« Er stellte den Sack vorsichtig auf den Boden, trat einen Schritt vor und richtete die Waffe auf Sir Ian. »Ich war ihr Bruder, Sir. Und sie meine geliebte, einzige Schwester.«

»Ich wusste nicht, dass sie Familie hatte.«

»Sie und mein Vater haben sich zerstritten«, erklärte er. »Er war mit ihren Unabhängigkeitsbestrebungen nicht einverstanden, so dass sie von Zuhause fortging und ihren Namen änderte. Ich habe zwei Jahre gebraucht, um sie zu finden. Doch da war es schon zu spät. Sie lag bereits in ihrem Bett im Bethlehem Hospital, im Koma! Dank Ihrer bodenlosen Arroganz, Sir Ian!«

Mein Arbeitgeber sank unter Stackpoles verbalem Angriff in sich zusammen, jedoch nur für einen Moment. »Ich kann meine Schuld nicht leugnen«, flüsterte er. »Doch mit diesem hier« – er drehte sich zu dem Buch des Schattens um – »kann ich sie, so glaube ich, retten, Geist und Körper wieder zusammenbringen. Ich glaube …«

Stackpole lachte. »Sie haben wohl zu lange an Ihrem geliebten Brandy genippt, Sir Ian! Sie glauben tatsächlich an diesen übernatürlichen Unsinn?«

»Warten Sie«, unterbrach ich ihn. »Was auch immer Sie mit Sir Ian und mir vorhaben, Sie können doch zumindest Miss Cooper gehen lassen.«

Stackpole lächelte. »Da machen Sie sich mal keine Sorgen.«

Miss Cooper löste sich von uns und trat an Stackpoles Seite. Er legte einen Arm um ihre Taille, und sie lächelte zu ihm hinauf.

»Sie und ich, wir werden zusammen gehen.«

Ich schüttelte mit dem Kopf. »Jetzt verstehe ich gar nichts mehr.«

»Ich habe Miss Cooper vor zwei Jahren in London kennen gelernt«, erklärte Stackpole. »Sie ist Schauspielerin.«

»Eine sehr gute, meinen Sie nicht auch?«, fragte sie. Ihre Stimme klang völlig verändert, wie es auch ihr ganzes Verhalten war. Sie griff an ihren Hinterkopf und drehte etwas in ihrer Hand. Kurz darauf hielt sie die langen, fließenden Locken, die sie so sehr wie Victoria Summers aussehen ließen, in der Hand.

»Eine Perücke«, stellte Sir Ian fest.

»Genau. Ablenkung, könnte man sagen.« Er lächelte sie an. »Und es gibt noch eine Zweite, die sie getragen hat, als sie Dr. Madison war.«

»Und der Angriff der Hexe …«

»Auch eine Täuschung, genauso wie mein tödlicher Absturz.« Er zuckte die Achseln. »Ich hatte gehofft, dass Sie beide gestern Nacht abstürzen würden, aber es sollte wohl nicht sein.«

»Warum der ganze Aufwand, uns hier umzubringen?«, fragte Sir Ian. »Warum haben Sie uns nicht einfach in England erschossen?«

»Sie unterschätzen Ihren Wert, Sir Ian. Ihr Tod hätte die Aufmerksamkeit der besten Männer von Scotland Yard geweckt. Hier fällt Ihr Abschied unter die Verantwortung von Sheriff Bracher und seinem Deputy Prickett.« Er schüttelte den Kopf. »Gut, dass ich vorhabe, sie zu Ihren Leichen zu führen. Andernfalls bliebe Ihr Verschwinden wohl ungelöst.«

»Und wer soll Ihrem Plan nach die Schuld für dieses Verbrechen auf sich nehmen, Stackpole? Wer soll uns getötet haben?«

»Ist das nicht klar?«, fragte er und lächelte Miss Cooper zu. »Sie beide sind die letzten Opfer der berüchtigten Hexe von Blair.«

Miss Cooper holte aus dem anderen Zimmer der Hütte einen zweiten Stuhl und band uns, während Stackpole seine Pistole auf uns gerichtet hielt, Rücken an Rücken an den Stühlen fest.

»Wie haben Sie Lobell dazu gebracht, uns hierher zu schicken?«, fragte ich.

»Ich brauchte in meinem Telegramm nur eine vage Andeutung über etwas Okkultes zu machen. Ich wusste, dass er bei Ihnen auftauchen würde, um auf Nummer sicher zu gehen«, erklärte Stackpole.

»Stackpole«, flehte Sir Ian. »Hören Sie zu. Es besteht doch keine Notwendigkeit, diesen aufwändigen Racheplan, den Sie da ausgeheckt haben, auch durchzuführen! Nehmen wir das Buch mit nach England. Ich werde Ihre Schwester wiederherstellen …«

»Mit Hokuspokus, Connors? Sie wollen sie mit Hokuspokus aus dem Koma erwecken, wie irgendein Hexendoktor aus dem Kongo?« Er schüttelte den Kopf. »Ich würde Sie gerne sehen, wie Sie auf dem glänzenden Linoleumboden des Bethlehem Hospitals über einem Kessel mit giftigen Kräutern zusammengekauert vor sich hin singen. Das wäre ein Anblick, wirklich! Genauso bemitleidenswert wie diese meckernde alte Frau in Lancashire, der ich ihr kostbares Buch des Schattens gestohlen habe.«

Sir Ian schüttelte den Kopf. »Mein Gott, hat Ihre Dummheit denn keine Grenzen? Sie haben das Buch aus einem Hexensabbat gestohlen?«

»Und sie waren fast genauso aufgebracht wie Sie. Die eine alte Frau hat mich verflucht und meinte, Bloody Sam würde mich finden, ganz gleich, wie lange oder wie weit ich fortlaufen würde.« Er lächelte. »Aber es hat funktioniert – Sie haben mich gefunden.«

»Stackpole, Sie sind ein intelligenter Mann, das weiß ich«, meinte Sir Ian. »Hören Sie mir zu, ich flehe Sie an. Dieses Gebäude ist von einer Macht umgeben, die ein Mensch nicht verstehen kann. Ich habe sie gespürt. Ihre Absicht ist böse. Sie sucht Blut.« Sir Ian hatte seinen Blick auf Stackpole geheftet. »Wenn Sie ihren Wunsch nähren, kann das unvorstellbare Folgen haben.«

»Wenn ich ihn nicht nähre, werden

Sie wahrscheinlich weiterreden«, unterbrach ihn Stackpole. »Und davon habe ich genug.«

»Hugh«, sagte Miss Cooper unsicher. »An der Tür ist eine seltsame Schrift. Warst du das?«

»Claire, meine Liebe. Bitte. Jetzt sei vernünftig.« Er reichte ihr die Waffe und zog ein funkelndes, scharfes Messer aus seinem Mantel. »Ich bin gleich fertig.«

»Möge Gott Erbarmen mit Ihrer Seele haben«, sagte Sir Ian.

»Ich bin nicht derjenige, der seinem Schöpfer gegenübertritt, Sir Ian.«

Ich hörte, wie das Messer durch die Luft sauste und Stoff zerriss. Als ich mich umdrehte, sah ich einen purpurroten Fleck auf Sir Ians weißem Hemdsärmel.

»Sie haben Blut an diesen Ort gebracht«, sagte Sir Ian. »Was auch immer als Nächstes passiert, wird auf Ihnen lasten.«

Wie auf Kommando wurde die Hütte plötzlich von einem heftigen Windstoß erschüttert.

Stackpoles Lächeln verblasste.

»Hugh«, sagte Miss Cooper. »Ich habe Angst.«

»Hör auf, dich wie ein hysterisches Waschweib zu benehmen«, schimpfte Stackpole. »Warte draußen, wenn es sein muss.«

Wieder hörte ich, wie Stoff zerriss. Sir Ian stöhnte auf.

Miss Cooper ging zur Hüttentür.

»Sir Ian, ich hätte Ihnen den Mantel ausziehen sollen, ehe Sie gefesselt wurden«, meinte Stackpole. »Es wäre viel einfacher gewesen, Ihnen die Haut aufzuritzen.«

»Binden Sie mich los, und ich werde ihm den Mantel für Sie ausziehen«, bot ich ihm an.

»Die Tür lässt sich nicht öffnen«, sagte Miss Cooper. Ich drehte mich zu ihr um. Verwirrt stand sie ein Stück von der Tür entfernt im Zimmer. »Der Knauf lässt sich nicht drehen.«

»Was?«, fragte Stackpole.

»Die Tür.« Ihre Stimme war kaum mehr als ein Flüstern. »Der Knauf lässt sich nicht drehen.«

»Dann klemmt die Tür wohl. Ich bin gleich da.«

Der Wind rüttelte wieder an der Hütte – diesmal stärker. Wie eine riesige Faust schien er darauf einzuschlagen.

»Sir Ian?«, fragte ich.

»Hugh, bitte!« Miss Cooper stand an der Tür und hatte den Knauf mit beiden Händen umfasst. »Bitte! Lass mich raus!«

»In Gottes Namen, pack einfach fester zu!«

Erneut rüttelte der Wind an der Hütte. Eine Fensterscheibe zerbrach. Miss Cooper rannte zur gegenüberliegenden Tür. »Sie lässt sich auch nicht öffnen«, sagte sie.

Mit einem Seufzer der Verzweiflung legte Stackpole das Messer zur Seite und wandte sich Miss Cooper zu. »Du wirst wegen nichts und wieder nichts hysterisch, Claire. Ich werde …«

Er musste im gleichen Moment das erblickt haben, was ich sah. Um den Eingang der Hütte herum, wo die seltsamen Schriftzeichen eingeritzt waren, glühte der Türrahmen.

Miss Cooper schrie wieder auf, und diesmal wich auch Stackpole an die Wand zurück.

»Was in Gottes Namen …« Seine Stimme erstarb.

»Es kommt«, flüsterte Sir Ian.

Der Türknauf drehte sich.

»Davis!«, sagte Sir Ian mit überraschend ruhiger Stimme. »Schließen Sie die Augen! Schauen Sie nicht in sein Gesicht!«

Die Tür wurde aufgerissen.

Ich schloss schnell die Augen, doch konnte ich noch einen Blick auf das erhaschen, was den Türrahmen ausfüllte: eine riesige, breitschultrige Gestalt.

Stahl glänzte im Licht des aufgehenden Mondes.

Stackpole schrie, und eine Sekunde später gellte auch Miss Coopers angsterfüllter Schrei durch die Hütte. Der Boden quietschte, und ich hörte Schritte, die erst hierhin, dann dorthin scharrten. Es waren Stackpole und Miss Cooper, die versuchten, dem Wesen zu entkommen, das gerade dabei war, die Hütte zu betreten.

Dann erbebte der Boden. Zuerst stampfte ein schwerer Stiefel auf die alten Holzdielen, dann der Zweite.

Nein. Ich hörte genauer hin. Das klang nicht nach zwei Stiefeln.

Es war mehr ein klip-klap, klip-klap, klip-klap – ein Mann mit einem Holzbein, der durch die Hütte ging.

»Sehen Sie nicht hin«, flüsterte Sir Ian. »Wenn Ihnen Ihr Leben lieb ist, Davis, sehen Sie nicht hin!«

Der Wind heulte wieder, diesmal so laut, dass ich weder Miss Coopers noch Stackpoles Schreie, ja nicht einmal mein eigenes Herz schlagen hören konnte. Der Wind schien lebendig zu sein, stöhnte gequält unter der grausamen Macht, die ihn gerufen hatte.

Dann hörte ich über diesen unheiligen Lärm hinweg Stackpoles Schrei ein letztes Mal, ein Schrei, der blankes Entsetzen ausdrückte, den Schrei eines Menschen, der sich dem Ende seines Daseins gegenübersieht.

Diesen Schrei werde ich mein Lebtag nicht vergessen.

Als ich die Augen wieder öffnete, war es still in der Hütte. Die Stricke, mit denen wir gefesselt waren, hatten sich in Luft aufgelöst. Sir Ian und ich erhoben uns.

»Das Buch!«, rief er und rannte zum Tisch.

Es war verschwunden. Ebenso wie Miss Cooper.

»Sehen Sie nur«, sagte ich und zeigte auf die halb geöffnete Tür.

Miss Cooper lag auf dem Boden; ihr Hals war unnatürlich verdreht. Stackpole lag neben ihr auf dem Rücken, halb in der Hütte, halb draußen. Seine weit geöffneten Augen starrten blicklos, sein Hemd war aufgerissen. Seltsame Schriftzeichen – die gleichen wie die am Türrahmen, die jetzt jedoch verschwunden waren – waren in seine Brust geritzt. Blut sickerte aus den Wunden, und Speichel lief aus seinem Mundwinkel.

»Wir müssenihn zu einem Arzt bringen«, sagte ich und beugte mich über ihn.

Sir Ian schüttelte den Kopf. »Dazu ist es zu spät.«

Sheriff Bracher wollte uns ins Gefängnis stecken und so lange dort behalten, bis wir »zufrieden stellend erklärt« haben würden, was im Wald geschehen war. Schließlich traf ein Telegramm aus London ein, offenbar die

Antwort auf eine zuvor von ihm gemachte Anfrage. Was auch immer darauf stand, plötzlich war er überzeugt, dass die Geschichte, die Sir Ian und ich ihm auf dem Heimweg von der Hütte erzählt hatten, stimmte und dass Stackpole, nachdem er zuvor seinen eigenen Tod eindeutig vorgetäuscht hatte, auch für das Schicksal verantwortlich war, das Miss Cooper ereilt hatte.

Wir verbrachten noch eine Nacht im Gasthaus, und am darauf folgenden Morgen bereiteten wir uns auf die Rückreise nach England vor.

Ich stand in meinem Zimmer am Fenster und blickte zum Horizont. In der Ferne zog sich der Wald, in dem Miss Cooper umgekommen war und in dem Hugh Stackpole vielleicht ein weit schlimmeres Schicksal erlitten hatte, wie ein üppiger, schwarz-grüner Teppich über die sanften Hügel.

Es klopfte an der Tür, und Albert, der Wirt, trat ein, um mein Gepäck zu holen.

Als er wieder hinausging, trat Sir Ian ein.

»Die Kutsche ist da.«

Ich nickte, konnte mich jedoch nicht vom Fenster abwenden. Natürlich war es reine Einbildung, doch im Schatten des verblassenden Sonnenlichts schien sich der Teppich zu bewegen wie das Meer und immer näher auf die hilflose, ahnungslose Stadt Burkittsville zuzukommen.

Sir Ian stellte sich neben mich. »Ich freue mich schon auf London«, sagte er. »Und auf die Heimreise.«

»Hoffentlich wird Bloody Sam nicht mit demselben Schiff zurückkehren.«

Sir Ian deutete ein Lächeln an. »Ich glaube nicht, dass diese Kraft, der wir im Wald begegnet sind – was auch immer es war –, bald von hier fortgehen wird, Davis. Dies ist ein schlimmer Ort, und das Böse wird von ihm angezogen.« Er wandte sich vom Fenster ab. »Mehr als je zuvor habe ich große Angst um die braven Bürger von Burkittsville.«

Schließlich machten wir uns auf den Weg zu der wartenden Kutsche.

Demnächst in »Erzählungen über das Unheimliche«: Ein weiteres Abenteuer von Sir Ian Connors und John Davis in »Die Zauberin von Delphi«.

Clark, Margaret

Von: dastern@mac.com
Gesendet: Freitag, 18. Februar 2000, 21:12:16
An: mclark@simonsays.com
Betrifft: Bloody Sam und die Hexe von Blair

Wer hat die beiden in Jeff Pattersons Hirn zusammengebracht?
Mehr über Charles Patterson aus den Archiven der Frederick Post.

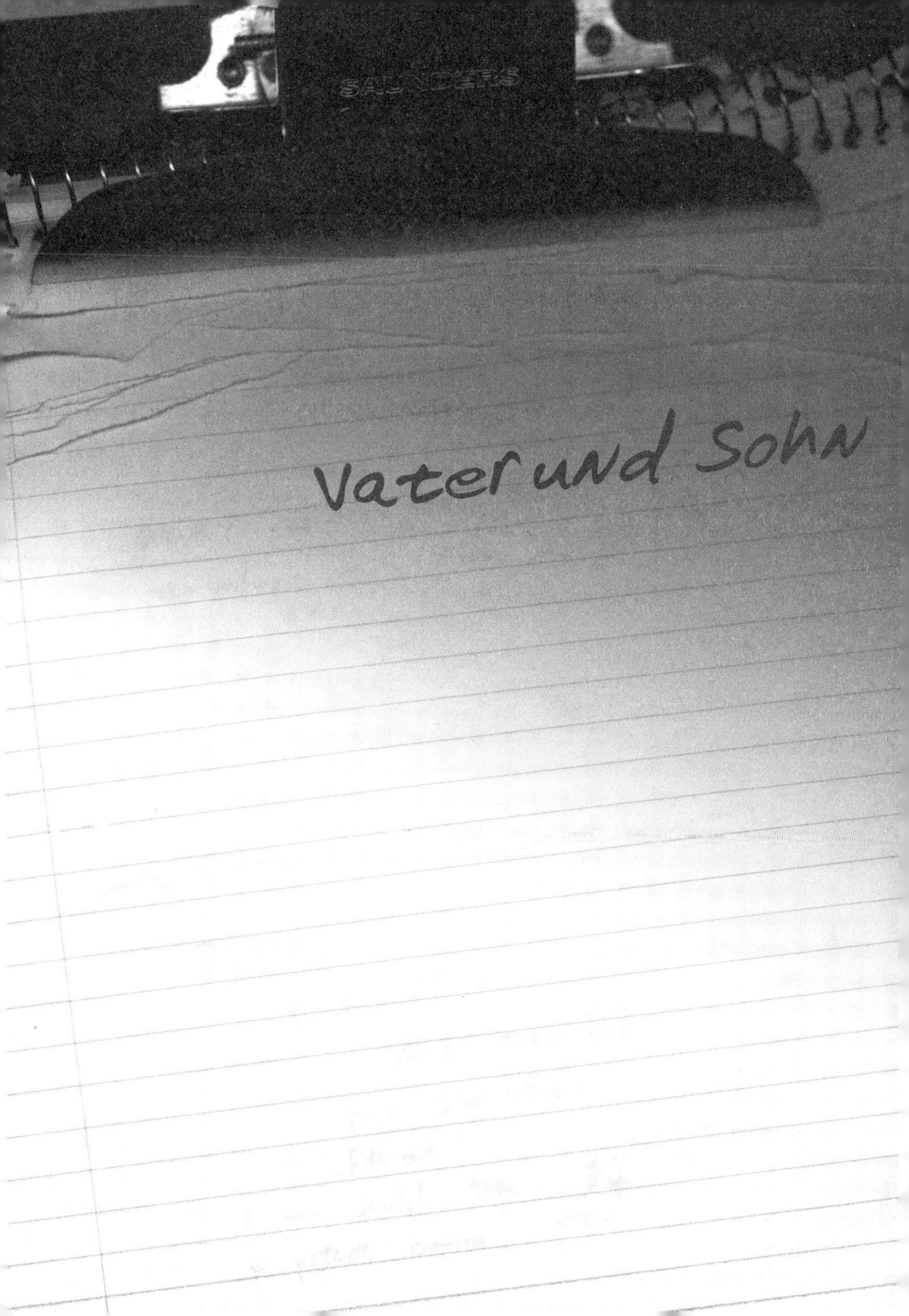
SAUNDERS
Vater und Sohn

FREDERICK POST
Gegründet 1846
131. Jahrgang, Nummer 76
Frederick, Maryland
Montag, 15. Mai 1976

Der lange, verworrene Weg zum Erfolg eines heimischen Künstlers

Von Michael Fuhr

Nach Jahren des Kampfes hat Charles Patterson (58) aus Braddock Heights endlich den ersehnten Durchbruch geschafft. Am Wochenende brachte der Verkauf des in der Galerie Greene-Lavalier in New York ausgestellten Gemäldes »Herbst im Wald« an einen Unbekannten die Summe von $275.000 ein.

»Ich glaube, Pattersons Arbeit wird immer bedeutender«, erklärte Arnold McClelland, Sprecher der Galerie. »Er ist der erste Maler, den ich je gesehen habe, der die klassischen Formen mit Farben und Techniken aus unseren Tagen verschmelzen lässt.«

Patterson, ein schlanker, dunkelhaariger Mann, der seinen englischen Akzent nicht abgelegt hat (seine Familie ließ sich 1932 hier nieder), begann seine künstlerische Arbeit noch in der Highschool. 1936 verkaufte er sein erstes Bild an ein Magazin, *Erzählungen über das Unheimliche*, und arbeitete bald darauf regelmäßig für andere Magazine wie *Die Spinne*, *Amerikanische Sportzeitung* und *Die andere Welt*. Seine bekanntesten Arbeiten lieferte er für *Erzählungen über das Unheimliche* mit Illustrationen für eine Reihe von Geschichten mit dem Okkult-Detektiv Sir Ian Connors.

Obwohl der in Baltimore geborene Schriftsteller August Simpson die Serie erfand, war es Patterson, der vorschlug, Teile der lokalen Mythologie in die Geschichten einzubauen. So wurde in der Erzählung »Das Buch des Schattens« der Geist integriert, der als Hexe von Blair bekannt ist.

»August gefiel die Idee, Connors nach Amerika reisen zu lassen. Er kam an einem Wochenende hierher, und wir gingen zum Campen in den Wald, um die Atmosphäre zu erfassen«, erinnert sich Patterson.

Als das Magazin nach dem Krieg einging, zog Patterson zu Simpson nach Baltimore und lebte von Aufträgen aus der Werbung und, nach eigenen Angaben, von viel Alkohol.

1965 starb Simpson bei einem Unfall. Patterson zog in die Gegend von Burkittsville zurück und begann wieder ernsthaft mit der Malerei. Einige Jahre lebte er wie ein Einsiedler im Wald und zeigte sich nur, um Lebensmittel und Malutensilien zu kaufen. Patterson schreibt seinen Erfolg genau dieser Phase zu. Mit Sicherheit sind die Themen, an denen er noch heute arbeitet - Natur als etwas Physikalisches, Berührbares, die Mischung des Realen mit dem Surrealen -, Ergebnis dieser Schaffensperiode.

Ein weiterer zentraler Punkt in seinem Leben war das Zusammentreffen mit Kathleen Sharrar. Die ehemalige Sängerin der Popgruppe *Hillary's Butterfly* war mit dem Bandleader Leroy Creegan 1968 zum Hagerstown Happening Rock Festival gekommen. Am Ende des Festivals entschied sich die Band zu bleiben.

»Sie lebten in einer verfallenen alten Fabrik in Jericho Mills wie in einer Kommune, nicht allzu weit entfernt von dort, wo ich wohnte«, erinnert sich Patterson. Die Wohnsituation der Kommune war, ebenso wie ihre religiösen Rituale, typisch für die 60er Jahre.

Der so genannte Blair-Witch-Kult löste sich 1970 nach Leroy Creegans mysteriösem Verschwinden auf. Patterson und Sharrar heirateten und zogen nach Braddock Heights. Er malte weiterhin, sie fand Arbeit als Lehrerin. Letztes Jahr kam nach zwei Fehlgeburten ihr Sohn Jeff zur Welt.

Charles Patterson glaubt nicht, dass sich sein Leben ändern wird, nur weil er zu Geld gekommen ist. »Ich werde meine Lebensmittel immer noch bei Culpepper kaufen, an der Shell-Tankstelle tanken und meine Zeitung bei W.W. Smith holen«, erklärt er. »Und in den nächsten Jahren werde ich ein paar Windeln wechseln.«

WIE MAN ZAUBERT

VON JEFF

ERSTE KLASSE

ZAUPERN IST ECHT
UND MAN KANN ES TUN
ICH HABE ES GETAN

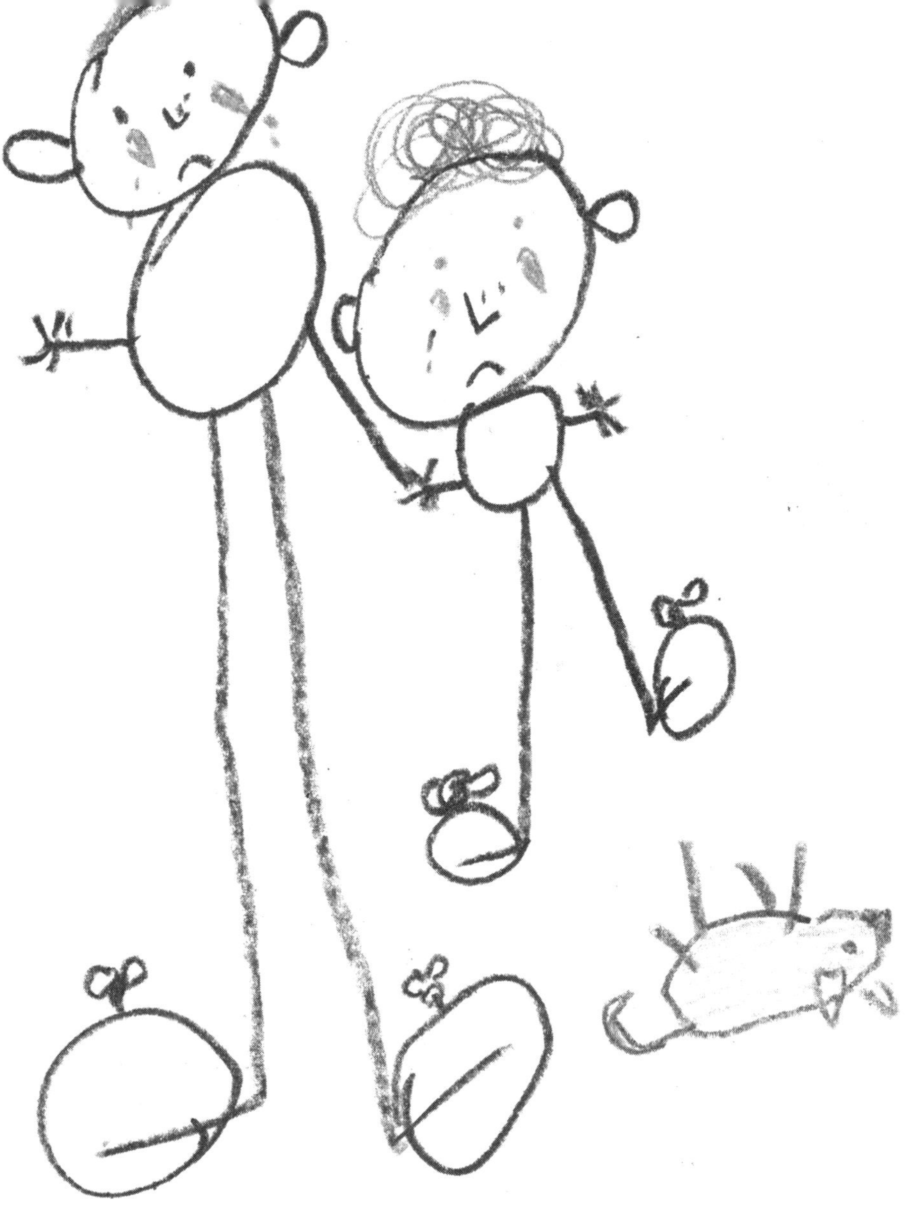

EINMAL WAR MEIN HUND
RUSTY KRANK. PAPA HAT
GESAKT, ER STIRBT.

ALSO HABE ICH DAS
ZAUPERBUCH GENOMMEN

WICHTIG:
MAN
MUSS
BLUT AUF DEN FELSEN
TUN, SONST GEHT ES NICHT

UND RUSTY WURDE WIEDER GESUND!

ENDE

Gegründet 1846

FREDERICK POST

139. Jahrgang, Nummer 262 | Frederick, Maryland | Montag, 17. Juli 1984

Einheimischer Maler bei tragischem Unfall verletzt

Ron Weinstock

Der bekannte ortsansässige Maler Charles Patterson zog sich vergangenen Samstagnachmittag bei einem Unfall in den Black Hills ernsthafte Verletzungen zu. Patterson befand sich mit seinem neun Jahre alten Sohn Jeffrey auf einem Ausflug im Wald, als er offensichtlich auf einem großen Felsen ausrutschte. Er erlitt ein heftiges Schädeltrauma.

Die beiden wurden am darauf folgenden Nachmittag von einem Paar gefunden. Patterson wurde umgehend ins Frederick County Hospital gebracht, wo sein Zustand gegenwärtig als stabil bezeichnet wird. Über den Umfang der Hirnverletzungen sowie die Aussicht auf Heilung können derzeit noch keine Angaben gemacht werden.

Auch der neunjährige Jeffrey wurde wegen des erlittenen Schocks ins Krankenhaus eingeliefert, an diesem Morgen jedoch wieder seiner Mutter Kathleen Sharrar Patterson übergeben.

Dr. Emil Hoffmann
62 East 62nd Street Suite 1A
New York NY 10019

14. September 1984

Kathleen Sharrar Patterson
Box 412 Rural Route D
Braddock Heights MD

Liebe Kathleen,

nachdem ich letztes Wochenende einige Zeit mit Jeffrey verbracht habe, glaube ich, dass ich Dich wegen Deiner Bedenken bezüglich seines Zustands völlig beruhigen kann. Dein Sohn hat sozusagen eine Erfahrung gemacht, die mit dem Verlust eines Elternteils gleichzusetzen ist. Sein Wunsch, Dich ständig in seiner Nähe zu haben, ist eine natürliche Reaktion. Erlaube ihm in den nächsten Wochen, sich an Dich zu klammern. Er braucht diese Zeit.

Auch seine Albträume und so genannten Halluzinationen sind verständlich. Versetze Dich in seine Situation: Dein Vater liegt mit ernsthaften Verletzungen in Deinen Armen, die Nacht bricht herein, und Du bist ein neunjähriger Junge allein im Wald. Kinder sehen nachts in Mänteln, die über einem Stuhl, oder Hüten, die am Türknauf hängen, Gespenster. Jeff war von der Wildnis mit seltsamen Dingen und Geräuschen umgeben, die seine Fantasie überschnappen ließen.

Bitte verstehe mich richtig: Ich möchte Dir nicht ausreden, dass Du Jeff zu jemandem bringst. Ich glaube, es würde ihm helfen, wenn er über all das reden könnte, wenn er jemanden hätte, der die Dinge aus seinem Unterbewussten heraus ans Licht bringen könnte, damit er sie als das erkennt, was sie wirklich waren. Dieser Jemand bist entweder Du oder ein Psychologe, idealerweise vielleicht auch beide.

Bitte halte mich sowohl über seinen als auch Charles' Zustand auf dem Laufenden. Ich denke an Euch.

Herzlich

Emil

Unglücklicher Jahrestag für die Familie Patterson

Von Lelia Whickham-Kelly

Morgen früh wird Kathleen Patterson, wie sie es während der vergangenen vier Jahre am Morgen des 2. September immer getan hat, auf der Route 40 ins Zentrum von Frederick fahren. Sie wird auf dem East Market parken und in die Bäckerei Hendrickson gehen, wo der in der letzten Woche bestellte Schokoladenkuchen zur Abholung bereitsteht. Sie wird mit Marie in der Bäckerei ein paar nette Worte wechseln, bezahlen und zurück in ihr Haus in Braddock Heights fahren, in dem sie und ihre Familie seit zehn Jahren wohnen. In der großen leeren Küche wird sie den Kuchen auspacken, auf die Marmortheke stellen und mit sieben blauen Kerzen schmücken.

»Eine für jedes Jahrzehnt«, sagt Patterson. Denn morgen ist der siebzigste Geburtstag ihres Mannes Charles Patterson. Auch wenn man in Frederick County nicht mehr sofort seinen Namen wiedererkennt wie früher, werden sich die Alteingesessenen an Pattersons Zeit Mitte der 70er Jahre erinnern, als seine Bilder auf Auktionen sechsstellige Summen erzielten.

Diese Einwohner werden sich vielleicht auch an den tragischen Unfall erinnern, den Patterson am 15. Juli 1984 bei einem Ausflug mit seinem Sohn Jeff erlitt. Ein Sturz führte zu ernsthaften Kopfverletzungen, die den Künstler in ein Koma versetzten, aus dem er nicht wieder erwachte. Anfang 1985 holte Kathleen ihren Mann aus dem Krankenhaus nach Hause und richtete ihm im Keller ein Krankenzimmer ein, so dass er die nötige Versorgung in familiärer Umgebung erhält.

»Ich wollte nicht, dass er irgendwo in einem weißen Zimmer liegt und Fremde ihn einmal am Tag umdrehen.« Auch wenn Patterson für ihren Mann rund um die Uhr Hilfe hat, versorgt sie ihn oft selbst. Sie liest ihm sogar aus der Zeitung vor und schaltet im Fernsehen seine Lieblingssendungen ein, wann immer es möglich ist. Sohn Jeff, heute dreizehn, hilft ihr, so gut es geht. Gewöhnlich ist er es, der die Kerzen auf dem Geburtstagskuchen seines Vaters ausbläst.

»Er hat so viel für mich getan, als ich klein war«, meint Jeff. »Das ist das Mindeste, was ich für ihn tun kann.«

Fachärzte schätzen die Chance auf Heilung praktisch gleich Null, doch die Pattersons lassen sich von diesen negativen Aussagen nicht beirren.

»Ich habe unzählige Geschichten gelesen, in denen Menschen plötzlich aufwachten und es ihnen gut ging«, erzählt Kathleen Patterson. »Warum soll das nicht auch bei Charles passieren?«

»Meine Mutter sagt, dass wir nie die Hoffnung aufgeben werden«, fügt der Sohn hinzu. »Man muss nur einfach glauben. Wir brauchen nur ein bisschen Zauberei, dann geht es immer weiter.«

Frederick Post gegründet 1846
Jahrgang 143, Nummer 245

Frederick, Maryland
Donnerstag, 1. September 1988

KSP

2. September 2000

Lieber Mr. Stern,

mit diesem Brief erteile ich Ihnen die Erlaubnis, das Material zu drucken, das Sie sich bei Ihrem Aufenthalt bei mir zu Hause angesehen haben, sowie das Material aus Jeffs Akte, die in Shelter Glen geführt wurde.

Machen Sie sich nichts daraus, dass Jeff nicht wegen des Buches mit Ihnen reden wollte. Auch mit mir will er nicht reden.

Mit freundlichen Grüßen

Kathleen Sharrar Patterson

PS: Ich danke Ihnen, dass Sie den Kuchen für mich abgeholt haben. Das war nett.

Nachwort

Charles Pattersons Bilder findet man nicht in Museen.

Spricht man mit Galeriebesitzern in New York, wo die meisten Arbeiten von Patterson ausgestellt waren, erfährt man, dass der Großteil seiner Werke – besonders der späteren – seinen Weg in die Hände von Privatsammlern gefunden hat und der Öffentlichkeit selten gezeigt wird.

Beispiele aus Pattersons früher Schaffensperiode lassen sich finden, wenn man keine Mühen und Kosten scheut: Ab und zu werden Exemplare von »Erzählungen über das Unheimliche« mit seinen Zeichnungen zum Verkauf angeboten.

Die Originalbilder, die er für viele dieser Magazine angefertigt hat, bleiben im Besitz seiner Frau Kathleen Sharrar Patterson. Die Zeichnung zu »Das Buch des Schattens« bekam ich erst kürzlich zu sehen, als mich Mrs. Patterson zu sich nach Hause einlud, um über ihren Sohn Jeff zu reden.

Dieses Bild hängt im Keller über Charles Pattersons Bett.
Eine Krankenschwester kommt jeden Tag, um die Geräte abzulesen, an denen der abgemagerte Leib des Künstlers hängt, um seinen Zustand zu beurteilen und seinen dahinschwindenden Körper zu drehen und zu strecken.

»Wir werden die Hoffnung nie aufgeben«, sagte Jeff Patterson im Alter von dreizehn Jahren einer Journalistin.
Stellen Sie sich diesen jungen Mann heute vor, wie er in den Keller hinabgeht, um neben seinem Vater zu sitzen, vielleicht seine Hand

zu halten oder mit ihm zu sprechen. Jeffs Blick wird umherwandern und vielleicht an dem Bild an der Wand hängen bleiben.

Sein Vater, das Bild.

Die Minuten werden zu Stunden, draußen verblasst das Licht, im Zimmer wird es dunkel.

Sein Vater liegt im Bett. Sein Vater liegt auf dem Felsen.

Ein neunjähriger Junge allein im Wald.

In der Dunkelheit hört er ein Geräusch.

Klip-klap, klip-klap.

Als Jeff Patterson ein Junge war, ist ihm etwas Furchtbares zugestoßen. Er wurde ein bisschen verrückt – Fakten und Fiktion trafen in seinem Kopf aufeinander.

Er dachte, er könnte zaubern.

Er dachte, das Gespenst sei echt.

Natürlich sehen Menschen ständig seltsame Dinge, vor allem im Wald in der Nähe von Burkittsville in Maryland. Genau darüber schrieben Stephen Ryan Parker und Tristen Ryler – über das Gerede und den Schrecken; über die Fakten und die Fantasien, die um diese Fakten herum entstehen.

Dieses Buch handelt von den Fantasien, auch von jenen, mit denen Jeff Patterson aufwuchs.

Hysterie oder Historie? Oder etwas ganz anderes?

Oder vielleicht untrennbare Fäden desselben Stoffes?

Wir überlassen die Entscheidung Ihnen.

Dank an:

Ben Rocks für seine zahllosen nächtlichen Beratungen.

Tom Kovar für sein Fachwissen über die Funktionsweise des menschlichen Geistes.

Glenn und Gabrielle bei Night Owl Books, die die fehlenden Teile für das *»Buch des Schattens«* besorgt haben.

Sheldon Cashdan, dessen Buch *»Die Hexe muss sterben«* unschätzbare Hintergrundinformationen zu *»Bloody Sam vom Malkin Tower«* lieferte.

Madeleine Hasley Stern, die Pläne macht, aber nicht tippt.

Michael Tousman, der singt, aber einen nicht zudröhnt.

Allen Mitarbeitern bei Pocket Books: Judith Curr, Kara Welsh, Scott Shannon, Liate Stehlik und ganz besonders Linda Dingler, Twisne Fan, Lisa Feuer, Penelope Haynes und natürlich den Pocket Rockets dafür, dass sie wieder einmal das Unmögliche möglich gemacht haben.

Bei Red Herring: Deb Schuller und Andrea Sepic.

Bei Artisan Entertainment: Amorette Jones, Ferell McDonald und Sonia Imparato.

Für eine großartige Geschichte: Dick Beebe, Joe Berlinger und Jon Bokenkamp

Die tapferen Menschen, die in ihrem Herzen noch Platz für Liebe haben: Rob Cowie, Mike Monello, Dan Myrick, Eduardo Sanchez und Gregg Hale.

Ganz besonderen Dank an Margaret Clark, die so weit über und jenseits des Projekts hinausging, dass man, wenn man den Nachthimmel absucht …

Auch:

Erica Blair
Sam Caine
Jennifer Gates
Kara Grenier
Elizabeth P. Hartman
John Mutter
Rachel Plzak
Daniel A. Slater
Cleo Stern (die freundlicherweise den Abdruck ihres Bildes gestattete)

und Jill, die mir nicht nur meinen Speck besorgt hat, sondern ihn auch genau richtig gebraten hat.

(Moltarr, das nächste Mal bist du dran.)

Mehr über den Autor:
http://more.at/dastern